a.a.laremi

DIE AUSTERN DER MADAME FLEURY

erotik

Die Austern der Madame Fleury
Erotische Erzählungen

Bibliografische Information der Deutschen Nationalbibliothek: Die Deutsche Nationalbibliothek
verzeichnet diese Publikation in der Deutschen
Nationalbibliografie; detaillierte bibliografische
Daten sind im Internet über dnb.dnb.de abrufbar.

© 2020 A. A. Laremi
Cover & Layout: A. A. Laremi
Herstellung und Verlag: BoD – Books on Demand,
Norderstedt

ISBN: 9783751952484

Inhaltsverzeichnis

Den Phantasien

Durch die Wand

Meine Frau und ich hatten vor, in unserem Keller eine Sauna einbauen zu lassen. Dazu musste allerdings der Raum, aus dem man über eine Treppe in den Garten gelangen konnte, aufgeräumt werden, ehe die Handwerker kamen. Ich nahm mir also einen Samstag Zeit und machte mich an die Arbeit. Es war verblüffend, wie viel Gerümpel sich im Laufe eines Lebens ansammeln konnte. In der hintersten Ecke entdeckte ich einen alten Umzugskarton, der mit „Krimskrams" beschriftet war.

Die Kiste musste, ungeöffnet wie sie war, schon einige Umzüge überstanden haben. Sie war staubig, an einer Ecke war sie einmal feucht geworden, das Klebeband hatte sich an mehreren Stellen gelöst und an den stockigen Laschen wehten die Reste alter Spinnweben. Neugierig geworden, suchte ich ein Messer, um den Karton zu öffnen, denn ich wollte nun wirklich wissen, was sich in ihm befand. Wie ich feststellte, enthielt er Dinge, die Verena eingepackt hatte, als wir in unsere erste gemeinsame Wohnung zogen. Die Pappschachtel wurde jedoch nie mehr geöffnet, aber dafür bei diversen Umzügen mitgeschleppt. Sie enthielt Stoffreste, einige Zeichnungen, verschiedene Bücher, die wahrscheinlich nicht mehr in die Bücherkartons gepasst hatten und einen alten Fotoapparat. Es war eine kleine Minox Kompaktkamera. Ich konnte mich gar nicht mehr an das Gerät erinnern. Darum nahm ich es mit nach oben in die Wohnung und öffnete dort die

Klappe an der Rückseite. Im Inneren der Kamera befand sich noch ein vollgeknipster Film. Ich zeigte Verena den Fotoapparat.

„Kannst du dich an die Kamera hier erinnern? Die war in der Umzugskiste von dir, die wir nie mehr geöffnet haben. Da ist sogar noch ein Film drin."

„Nein, nicht wirklich", antwortete sie und fuhr fort:

„Das muss deine sein. Und da ist echt ein Film drin? Werden solche Filme eigentlich überhaupt noch entwickelt?", fragte sie.

Ich antwortete, mit einem skeptischen Blick auf den Film, nachdenklich und ebenso ratlos wie sie: „Keine Ahnung. Meinst du, der ist noch gut? Vielleicht im Drogeriemarkt?"

Gesagt, getan. Als wir das nächste Mal zum Einkaufen fuhren, steckte ich den Film in meine Jackentasche. Und tatsächlich: Man konnte ihn entwickeln lassen. Wir gaben die

Filmrolle ab und waren auf das Ergebnis gespannt. Einige Tage später durfte ich die fertig entwickelten Fotos abholen. Ich konnte es kaum erwarten, das Ergebnis zu betrachten, also sah ich mir die Bilder schon auf dem Parkplatz des Einkaufszentrums im Auto an. Sie wurden in einer Klappverpackung aus Plastik geliefert. Im Inneren gab es am Deckel zwei Klammern, welche die Filmstreifen mit den Negativen hielten. Dann kamen die Fotos selbst. Obenauf lag ein Bild mit den Miniaturen aller Fotos, die sich in der Schachtel stapelten. Die meisten Aufnahmen waren auf einer Party geschossen worden. Sie zeigten Leute, die wir schon längst aus den Augen verloren hatten und auch Freunde, mit denen wir immer noch zusammenkamen. Als Nächstes gab es etliche nichtssagende Landschaftsaufnahmen von einem Ausflug in die Umgebung. Auf den beiden letzten Fotos im Stapel war Verena nackt zu sehen. Das erste Bild zeigte Verena im Schneidersitz auf dem Bett. Ihr Gesicht wies den, wie wir es damals nannten, Pornoblick auf. Leicht schielend, die Augenlider halb gesenkt, sah sie mit leerem Blick in die Kamera. Der Kopf war leicht nach vorne gebeugt, mit den Händen drückte Verena ihre Brüste zusammen und gleichzeitig nach oben und saugte an einer ihrer Brustwarzen. Auf dem zweiten Foto lag Verena nackt und mit geöffneten Beinen auf dem Bett. Sie hatte ihren Kopf nach hinten geworfen, die Augen diesmal geschlossen und den Mund halb geöffnet. Wieder hielt sie eine ihrer Brüste. Die andere Hand hatte sie zwischen ihren Beinen und spreizte mit Zeige- und Mittelfinger ihre Schamlippen auseinander. Als ich die beiden Fotos sah, erinnerte ich mich plötzlich wieder an den Tag, an dem ich sie, eher zufällig, als mit Absicht geschossen hatte.

Verena und ich waren noch nicht sehr lange zusammen. Ich wohnte damals in einer WG

und sie hatte eine kleine, sehr hellhörige Zwei-
zimmerwohnung in einem Mehrfamilienhaus,
das irgendwann bald nach dem Krieg gebaut
worden sein musste. Da man in meiner Wohngemeinschaft nie richtig ungestört sein konnte,
verbrachten wir die meiste Zeit in Verenas
Wohnung. Zwar durften wir dort nicht allzu
laut sein, doch immerhin bot ihr Refugium er-
heblich mehr Privatsphäre als mein WG-Zim-
mer. An jenem Nachmittag, als die beiden Fotos entstanden, lag ich, gemütlich in einem
Buch blätternd, auf dem Bett, während Verena
im Wohnzimmer an ihrer Nähmaschine saß
und ein Kleid änderte, das sie zu groß gekauft
hatte. Durch den Türrahmen planten wir den
Abend und kamen überein, später noch ins
Kino zu gehen. Plötzlich hörten wir die Türe
der Nachbarswohnung schlagen. Offenbar war
Ingo, Verenas Nachbar und Schulfreund heim-
gekommen. Er unterhielt sich mit einer Frau,
wahrscheinlich seiner neuen Freundin, deren
Name mir entfallen war. Dann ging nebenan

die Klospülung und es wurde ruhig. Ich schlug Verena vor, Espresso zu kochen und ging in die Küche. Während ich darauf wartete, dass der Kaffee durch die silberfarbene Kanne lief, hörte ich, wie meine Freundin von der Nähmaschine aufstand und ins Schlafzimmer lief. Einen Moment später jedoch erschien sie in der Küche:

„Leise, komm schnell. Ich glaube, die beiden treiben es gleich miteinander."

Ich war erstaunt, dass Verena diesen Umstand so interessiert aufnahm, drehte den Gasregler am Herd ab und folgte ihr, die am Schlimmsten knarzenden Dielen in Flur und Wohnzimmer vermeidend, ins Schlafzimmer. Meine Freundin saß inzwischen kichernd auf ihrem Bett und lauschte Ingo und seiner neuen Freundin. Sie waren nun ebenfalls im Schlafzimmer, das Wand an Wand mit dem von Verena lag. Zuerst war von nebenan Lachen und Tuscheln zu hören, doch bald ging es zur Sache. Zuerst nahmen wir nur das rhythmische

Quietschen von Bettfedern wahr, doch nach kurzer Zeit fiel Ingos Freundin, immer lauter stöhnend, in den Takt des Möbels ein. Auch Ingo trug jetzt mit gelegentlichem Brummen zur Geräuschkulisse im Nachbarschlafzimmer bei. Verena, die dies hörte, ahmte leise glucksend die Bekundungen der Lust nach, die Ingos Freundin von sich gab. Auch ich musste mir mit aller Anstrengung verbeißen, laut aufzulachen.

„Leck mich, die beiden klingen ja echt wie Porno", flüsterte mir Verena zu.

„Woher weißt du, wie Porno klingt?", gab ich augenzwinkernd zu bedenken.

„Ich zeige dir mal Porno, pass auf", sagte meine Liebste, zog sich schnell ihr Kleid über den Kopf und schlüpfte aus ihrer Unterhose. Sie setzte also ihren Pornoblick auf, und ging nun, fast im Sekundentakt wechselnd, allerlei Stellungen durch, die sie mit Äußerungen wie *Oh*, *Ja*, *Mein Gott*, *Du willst es doch auch* und so weiter eindrücklich kommentierte. Ich nahm die Minox von der Fensterbank, spannte sie und richtete sie auf Verena. Als sie sah, was ich vorhatte, unterbrach sie ihre Darbietung und sagte:

„He, du willst das aber jetzt nicht wirklich fotografieren?"

„Klar doch, warum denn nicht?"

Nebenan wurde das laute Stöhnen von Ingos Freundin von kleinen Schreien abgelöst und die Geräusche, welche das Bett von sich gab, klangen bedrohlich danach, als würde es demnächst unter der Last seiner Insassen zusammenbrechen.

„Wenn die jemand sieht?"

„Die Fotos? Wer soll die denn sehen?"

„Da, wo sie entwickelt werden", erwiderte Verena mit zweifelndem Blick.

„Ach was. Die sieht niemand. Das ist eine Maschine. Und wenn schon? Wir bringen den Film einfach nicht ins Fotogeschäft, sondern zum Drogeriemarkt. Die lassen die Bilder dann in irgendeinem Labor entwickeln."

Auf die Idee, dass vielleicht einige Leute im Labor Spaß an den Nacktaufnahmen haben könnten, kamen wir in diesem Moment natürlich nicht, aber dennoch brachten meine Einlassungen Verenas Zweifel schließlich zum Zusammenbrechen, sie ließ sich auf das Spiel ein und machte mit ihrer Show weiter. Während Ingo und seine Freundin im Nachbarschlafzimmer quiekend und grunzend und mit den Bettfedern scheppernd auf den Höhepunkt zusteuerten und meine Freundin zur gleichen Zeit versuchte, sich mit sinnentleertem Blick eine ihrer Brüste in den Mund zu stecken, schoss ich das erste Foto. Als nächstes ließ sie sich nach hinten fallen, spreizte ihre Beine gewagt in die Kamera und ließ die Hand nach unten wandern. Das war das zweite Foto. Ich wollte die Kamera erneut spannen, doch der Hebel saß fest. Der Film war voll, denn er bot nur Platz für 24 statt der erhofften 36 Bilder. Verena machte unverdrossen weiter, als Ingos Freundin in der Nachbarwohnung mit einem lauten Schrei kam, der dann in ein langanhaltendes und schließlich gurrend ersterbendes Winseln überging. Damit war es endgültig um meine *Contenance* geschehen und ich brach in lautes Gelächter. Auch Verena konnte nicht mehr an sich halten und fiel in mein Lachen ein. Sofort wurde es nebenan still. Ingo und seine Freundin mussten mitbekommen haben, dass wir mitbekommen hatten, was sie da drüben trieben. Ich stellte die Kamera auf die Fensterbank zurück, zog mich nun ebenfalls aus und sprang zu Verena ins Bett. Der Fotoapparat allerdings blieb auf der Fensterbank stehen und als meine Freundin und ich zusammenzogen, wanderte er mit allerlei Sachen in den, mit *„Krimskrams"* beschrifteten Umzugskarton. Dort blieb er, bis ich ihn mitsamt dem unentwickelten Film beim Aufräumen im Keller wiederfand.

Ich sammelte die Fotos vom Beifahrersitz und legte sie zurück in die Schachtel. Danach startete ich das Auto und fuhr zurück nach Hause. Dort angekommen, wollte auch Verena gleich die Fotos sehen und deshalb sahen wir sie noch einmal gemeinsam an. Wir überlegten, wer die Leute auf den Partyfotos waren und mussten beide feststellen, dass wir so einige Namen nicht mehr zusammenbekamen. Dann entdeckte meine Frau die Nacktfotos, die ich damals von ihr geschossen hatte. Sie musste prustend auflachen und sagte:

„Ach du Scheiße. Wie lange ist das denn her? War das nicht, als Ingo nebenan mit seiner lauten Freundin gevögelt hat? Wie hieß die noch gleich?"

„Ich kann mich nicht mehr erinnern. Ich weiß nicht einmal mehr, wie sie aussah. Nur, dass der Film voll war und wir laut lachen mussten. Nebenan ist es dann plötzlich sehr ruhig geworden."

„Mein Gott", fuhr Verena mit gespielter Verzweiflung fort: „War ich da noch jung und knackig. Ich bin eine alte Schachtel geworden. Du musst dir bald eine Jüngere suchen"

„Schatz, du bist doch immer noch knackig. Außerdem, du weißt doch: Keine welkt so schön wie du."

„Arsch, blöder!!!"

Als es Abend wurde, gingen wir zusammen in Verenas Schlafzimmer ins Bett. Ich hatte immer noch die Fotos im Kopf und meine Frau wahrscheinlich auch. Deshalb dauerte es nicht lange, bis wir in ein entspanntes Vorspiel glitten. Das Licht war an und Verena krabbelte nach und nach immer weiter in die südlichen Regionen meines Körpers, als ich nach meinem Smartphone griff, das auf dem Nachttischchen am Ladekabel hing. Ich entsperrte es und öffnete die Kamera-App. Meine Liebste bemerkte sofort, dass ich mit der Handykamera hantierte, während sie an mir hantierte. Sogleich änderte sich ihr Gesichtsausdruck und sie fragte mich auffordernd:

„Soll ich den Pornoblick?"

Vögeln für den Frieden

An einem kleinen Feldweg am Waldrand hatten sie uns abgesetzt. Es war ein heißer Spätsommersamstag im Jahr unseres Widerstands. Im hohen, duftenden Gras zirpten Grillen, Vögel sangen in den Bäumen. In der Ferne, am wolkenlos blauen Himmel, kreiste ein Polizeihubschrauber. Die Bullen hatten uns vom Tor weggetragen, die Personalien aufgenommen und uns dann in einen Bus verfrachtet, um uns aus der Stadt zu schaffen. Eine andere Gruppe würde derweil das Kasernentor blockieren.

Dazwischen Presse, Fernsehen, jede Menge Polizisten und Schaulustige. Auf der anderen Seite des Tores grimmige Soldaten und Militärpolizei. Wir waren hier eindeutig am falschen Ort und mussten schleunigst zurück. Zum Feind, zur Kundgebung, den Amis und den Bullen.

Ein Stück weg lag die Straße. Kaum ein Fahrzeug war zu sehen. Trotzdem marschierte ein Teil der Gruppe dorthin, in der Hoffnung, per Autostopp in die Stadt zurückzukommen. Andere hielten verschwörerisch die Köpfe zusammengesteckt und beschlossen, in den nächsten Ort zu laufen, um dort eine Mitfahrgelegenheit zu finden oder den Bus zu nehmen, falls es einen gab. Egal, der Plan war, so schnell es ging, wieder ans Kasernentor, zur Protestkundgebung zu kommen, denn ohne uns würden die Politiker, gemeinsam mit Ronald Reagan und seinen Soldaten unter Garantie ihre beschissenen Raketen in unserem

Ort stationieren. Klar, sie würden es so oder so tun, doch wir wollten es ihnen so schwermachen, wie es nur möglich war. Yeah, wir waren die Speerspitze des Protests, des zivilen Ungehorsams. Frieden schaffen ohne Waffen!

Ich saß am Wegrand im Schatten und sah desinteressiert zu, wie sich die anderen grüppchenweise, mehr oder weniger lautstark diskutierend auf den Weg machten. Ich hatte keine große Lust, mich irgendjemanden anzuschließen, also blieb ich einfach sitzen. Bald waren alle verschwunden und es kehrte Ruhe ein. Ich lauschte dem Wald hinter mir, dem Summen der Bienen. Es roch würzig nach Pilzen und Tannennadeln. Irgendwo knatterte ein einzelner Traktor auf dem Weg zur Mahd. Eine Wespe kam angeflogen und landete auf meinen Arm. Vorsichtig schob ich sie beiseite, damit sie mich nicht stach. Dann hob sie ab und flog wieder davon. Alles war still und der Frieden, den ich schaffen wollte, war weit entfernt und auf eine seltsame Weise auch unwichtig geworden. Plötzlich hörte ich hinter mir ein Rascheln. Ich blickte mich um und sah eine junge Frau, die mir bislang nicht aufgefallen war, aus dem Wald kommen. Sie war schlank, hatte ein freundliches und frisches Gesicht, die dunkelbraunen Haare zu einem kurzen Pagenkopf geschnitten. Sie trug eine violette Haremshose (natürlich!), ein gebatiktes, an den Armen und dem Ausschnitt weit genähtes Oberteil, bestimmt nichts darunter und geschnürte Sandalen an den nackten Füßen. Dazu die obligatorische Tasche im Military-Look mit Aufnähern. *Atomkraft Nein Danke*, dazu, blau und weiß, die Friedenstaube von Picasso.

„Scheiße, wo sind die alle? Ich war doch nur kurz im Wald zum Pissen", sagte sie und holte einen Tabaksbeutel aus ihrer Tasche und setzte sie sich seufzend neben mich.

„Die anderen? Die sind schon los und schauen, wie sie zurückkommen", antwortete ich.

„Und was ist mit dir?"

„Keine Lust. Ich weiß nicht. Plötzlich ist alles so weit weg und es kommt mir irgendwie sinnlos vor. Kannst du das verstehen?"

Wir saßen schweigend im Gras, während sich das Mädchen nickend eine Zigarette drehte. Danach hielt sie mir den Tabak und die Blättchen hin. Ich bedankte mich und rollte mir ebenfalls eine.

„Und was machen wir jetzt? Wo sind wir überhaupt? Scheißbullen."

„Ich glaube, da geht's Richtung Stadt. Bestimmt so zwanzig Kilometer."

„Mist, auf sowas habe ich aber gar keinen Bock. Ich muss auch irgendwann heute Abend meinen Zug kriegen."

„Okay", sagte ich. „Dann sollten wir vielleicht schauen, dass wir hier wegkommen."

„Ich bin übrigens die Beate", strahlte mich die Frau nun an und reichte mir auffordernd die Hand.

„Ich heiße Andrea", antwortete ich und nahm ihre Hand.

„Andreas?"

„Nein, Andrea, ANDREAAA."

„Das ist doch ein Mädchenname."

„Nicht in Italien, zum Beispiel…"

„Achso. Na denn? Andrea."

Beate hatte einen erstaunlich festen Händedruck. Sie packte ihren Tabak zurück in die Tasche, rappelte sich auf und reichte mir ein weiteres Mal die Hand.

„Und? Wollen wir mal", fragte Beate, während ich mich von ihr hochziehen ließ.

„Ja, dann wollen wir mal."

Beate und ich schlenderten gemeinsam am Waldrand entlang. Schließlich beschrieb der Wald einen Knick und in der Ferne war ein Dorf auszumachen.

„Ob wir da jemanden finden, der uns hilft?", fragte Beate mehr sich selbst als mich. Sie schirmte ihre braunen, großen Augen mit der flachen Hand vor der Sonne ab und spähte angestrengt in Richtung des Kirchturms, der fern in der Hitze flimmert. Ein ganzes Stück links vom Ort waren Büsche und einige Weiden zu sehen, ein ganzes hochsommergrünes Wäldchen.

„Vielleicht ist dort ein See?", rätselte sie und fuhr fort: „Komm, lass uns nachsehen."

Sie ergriff mich nun ein drittes Mal bei der Hand, doch diesmal verschränkten sich unsere Finger ineinander, Beate zog mich, ihre Schritte beschleunigend, hinter sich her. Wir wurden immer schneller und schließlich rannten wir atemlos über das letzte Stück Wiese und mitten durch eine schmale, von Himbeeren und Hagebutten gesäumte Schneise in das Dickicht hinein. Und tatsächlich – nach wenigen Metern standen wir am Ufer eines kleinen Sees. Er war eher ein Tümpel als ein See, doch er lag malerisch im Schatten der Bäume. Einige verspätete Seerosen blühten weiß und rosa auf der Wasseroberfläche. Am bemoosten Ufer glänzten sattgrün Schilf- und Irisblätter, Libellen schwirrten sirrend über das Wasser. Es war heiß und wir waren vom Rennen nass geschwitzt.

„Niemand da. Lass uns baden", sagte Beate, nachdem sie sich forschend umgesehen hatte und begann auf der Stelle, sich auszuziehen. Ich muss ganz ehrlich zugeben, dass ich eher kritisch bin, was unbekannte Gewässer angeht, aber ich fing ebenfalls, wenn auch noch zögerlich, an, meine Kleider abzulegen. Beate war schon nackt und stand, die Beine leicht auseinandergestellt, fordernd vor mir und rief frech:

„Na, was ist jetzt? Oder traust du dich nicht, Andrea?"

„Doch, klar", antwortete ich murmelnd, während ich mich hüpfend aus den Hosenbeinen meiner Jeans befreite.

Dabei riskierte ich einen Blick auf Beates schlanken und jungen Körper. Sie hatte einen schön gewölbten, langen Hals, der in sportlich geformte Schultern mündete, kleine und feste Brüste, Brustwarzen, die aufgerichtet von braunen Höfen umgeben waren. Dann ging es weiter mit einem leicht rundlichen, aber trotzdem flachen Bauch, einem schmalen Becken. Dazwischen ein dichtes Dreieck aus dunklen, sich kräuselnden Haaren und schließlich lange, von der Sonne gebräunte Beine. Am Ende schaffte auch ich es, mich aus meinen Klamotten zu schälen und wir stürzten uns in das erfrischende Wasser des Waldtümpels. Plätschernd bahnten wir uns einen Weg durch die Seerosen und befreiten uns lachend aus den Schlingwurzeln der Wasserpflanzen, bis wir das freie Wasser erreichten. Beate tauchte schwungvoll wie ein Delphin mit gebogenem Körper und präsentierte im Untertauchen die festen Backen ihres Hinterns. Einen Moment später war sie schon wieder neben mir aufgetaucht und schwamm paddelnd in meine Arme. Sie schlang ihre Beine um mich und stieß ihr Becken gegen meines und trotz des kalten Wassers begann etwas an mir, auf der Stelle zu reagieren. Dann küsste sie mich auf den Mund. Erst kurz und beiläufig und schließlich immer tiefer. Ich öffnete meinen Mund leicht und sie begann, mit ihrer Zunge meine Zunge und meine Zähne zu erforschen. Ich tat es ihr gleich und wir gingen gemeinsam unter. Als uns die Luft knapp wurde, tauchten wir prustend auf und lösten uns voneinander, um ans Ufer zurückzuschwimmen.

Schon bald hatten wir den Rand des kleinen Sees erreicht und saßen im flachen Wasser halb auf Kies, halb im Schlamm. Beate hatte eine Gänsehaut auf den Armen und den Brüsten. Ich kauerte im Schneidersitz im matschtrüben Wasser und sie setzte sich auf mich. Wir küssten uns fest umarmt und sie schob dabei ihr Becken auf mir in sachtem Rhythmus vor und zurück. Irgendwann – mir kam es so vor, als wäre eine unendlich lange Zeit vergangen, oder als wäre sie für immer stehengeblieben – sagte sie zu mir:

„Komm, lass uns vögeln."

Wir stiegen aus dem Wasser, ich trocknete mich mit meinem T-Shirt notdürftig ab und hängte es an einen Weidenzweig. Beate hockte sich indessen, nass wie sie war, ein Stück von mir weg an ein Gebüsch und sagte:

„Schau weg, ich muss erst noch pissen."

Ich sah natürlich nicht weg und sie wusste natürlich ganz genau, dass ich nicht wegsah. Das scherte Beate allerdings überhaupt nicht und sie pinkelte lächelnd auf den Waldboden zwischen ihren Beinen.

„Schaust du gerne dabei zu?"

„Keine Ahnung, ich habe noch nie. Aber mir gefällt, was ich sehe", sagte ich und überlegte dabei, ob mir das jetzt peinlich sein sollte.

„Dachte ich mir. Und ich mag das auch", antwortete sie. Dann stand sie auf und schlenderte zu mir herüber. Ich lag auf dem Bauch und Beate schmiegte sich, mit ihrem, noch feuchten und kühlen Körper, an mich. Sie streichelte mit den Fingerspitzen meine Wirbelsäule vom Genick abwärts entlang und erreichte meinen Hintern. Ich merkte, wie ich, eisig, eine Gänsehaut bekam und drehte mich auf die Seite, um ihre Brüste zu küssen. Ich nahm – zuerst die eine, danach die andere – ihre hart gewordenen Brustwarzen in den Mund, umspielte sie mit der Zunge und biss, ganz leicht nur, in sie hinein. Beate begann, leise zu stöhnen und ich bemerkte, wie ihre Hand langsam über ihren Bauch nach unten wanderte und zwischen ihren Beinen verschwand. Mit der anderen Hand griff sie nach meinem Geschlecht und begann darauf, es sanft zu streicheln. Ich spürte, wie mein Blut hineinschoss und es sich steif aufzurichten begann.

Während ich mich, umschwirrt von neugierig gewordenen Schwebfliegen, auf den Rücken drehte, richtete Beate sich auf und drehte sich um. Sie lag nun auf mir und legte damit los, mich mit dem Mund zu liebkosen, indes sie mir ihre dicht bepelzte Scheide darbot. Ich stieß sie leicht mit meiner Zunge an, dann wieder und noch einmal, ließ sie sanft um ihre Klitoris kreisen, erforschte das Innere ihrer beinahe schwarzen Schamlippen und wanderte weiter über den Äquator und besuchte kurz ihren hinteren Ein- oder Ausgang, je nachdem, wie man es nahm. Beate stöhnte nun ein wenig lauter, während sie mich ziemlich tief in ihren weichen und heißen Mund nahm. Ihre Vagina wurde feucht und feuchter und ich spürte ihren Puls, ihren Geruch und Geschmack. Auf einmal schließlich wurde Beates Rücken steif, ihre Schenkel zitterten unkontrolliert. Sie ließ sich mit einem kleinen Schrei auf mich fallen und ich registriere das ganze süße Gewicht ihres Körpers auf dem meinen. Beate war gerade gekommen und lag jetzt entspannt und tief atmend auf mir, mein Geschlecht in der Hand, den Kopf auf meinen Schenkeln ruhend.

Nun richtete sie sich auf, drehte sich erneut um und setzte sich, ihr Becken an meinem Becken reibend auf mich. Ich ahnte, dass es jetzt nicht mehr lange dauern würde und griff, nach meiner Tasche tastend, neben mich. Ich wusste, dass da ein Kondom drin war und dass ich das jetzt unbedingt haben will. Beate ahnte, wonach ich suchte, und griff nach meiner Hand.

„Brauchst du nicht. Es kann nichts passieren. Jute statt Plastik. Du weißt ja. Ich will dich haben! Jetzt!"

Mir war zwar nicht ganz wohl bei der Sache, aber ok – unsere Gehirne waren Brei und wir wollten in diesem Augenblick nichts anderes mehr, als miteinander zu vögeln. Beate griff mit der Hand nach unten und geleitete mich in ihre tiefe und enge Vagina. Dann machten wir es endlich. Ich roch das Gras, auf dem wir lagen und das Wasser des Tümpels und ich roch Beate, ihren Schweiß und ihre Säfte. Ich sah das leichte Wiegen der Weidenzweige über unseren Köpfen, darüber den Himmel, der sich zu bewölken begann, Beate, wie sie sich mit geschlossenen Augen auf mir bewegt. Ich hörte die Libellen über dem Wasser, die Mücken, den aufkommenden Wind, das Stöhnen und den stoßweißen Atem von Beate, übertönt vom Aneinanderklatschen unserer Körper und alles wurde immer intensiver und verschwommener wie in einem Drogenrausch. Am Ende schloss auch ich die Augen und erreichte im nächsten Moment meinen Höhepunkt, in dem alles, die Düfte, die Bilder und Geräusche in einem wilden Feuerwerk detonierten und ich mit. Schließlich wurde es still. Beates warmer und schweißnasser Körper klebte an meinem, wir atmeten einen Rhythmus und hatten einen, synchron pochenden Herzschlag. Endlich schliefen wir ein.

Als ich irgendwann wieder aufwachte, lag mein Kopf in Beates weichem Schoß und sie rauchte eine Zigarette. Es war bereits Nachmittag geworden und mir wurde klar, dass wir losmussten. Wir lösten uns voneinander, schlüpften hastig in unsere Kleider und machten uns schweigend oder Belangloses plaudernd und wahrscheinlich auch ziemlich verlegen auf den Weg. Bald fanden wir einen Bus, der uns in die Stadt brachte und hatten während des ganzen Weges das Gefühl, die wenigen anderen Fahrgäste würden uns unverwandt anstarren. Am Ende schafften wir es zurück vor die Kaserne und zur Kundgebung. Von der Bühne aus forderten mich Rio und die anderen Scherben dazu auf, mich an meiner Liebe festzuhalten, doch ich glaubte ihnen nicht und ehe Beate und ich uns aus den Augen verloren, drückte sie mir die Hand, gab mir sachte einen Kuss auf die Wange und sagt lächelnd:

„Vögeln für den Frieden, oder was?"

Dann wandte sie sich ab, verschwamm zu einem Gesicht inmitten Zigtausend anderer Gesichter und verschwand für immer aus meinem Leben.

Das andere Ende des Gartens

Zur rechten wie auch linken Seite wird unser Garten von einem übermannshohen Bretterzaun und dicht wachsendem Buschwerk und Bäumen eingefasst, welche einen natürlichen Sichtschutz zu den benachbarten Häusern bilden. Der Zaun setzt sich auf der Rückseite des Gartens fort und wird, beidseitig der Grenze zwischen den Grundstücken, durch hohe, kegelförmig geschnittene Thujas, Haselnusssträucher und Blutahorn verstärkt. Eine Treppe führt von der Sauna im Keller unseres

Hauses auf diese Seite des Gartens und zu einem kleinen Schwimmteich, der, umgürtet von Schilf, buschigem Bambus und Mooskolben, einer hölzernen Plattform mit zwei Liegen Platz bietet. So gestaltet ist unser Garten eine Oase der Ruhe und paradiesischen Abgeschiedenheit inmitten unserer Kleinstadt.

Im ersten Stock unseres Hauses gibt es nach hinten eine Terrasse. Von ihr öffnet sich der Blick wie durch eine Schneise zum gegenüberliegenden Haus. Dort befindet sich in der ersten Etage ebenfalls eine Terrasse. Diese ist nur von unserer Terrasse aus sichtbar. Dasselbe gilt für den Blick von der anderen Seite. Nachdem das gegenüberliebende Haus den ganzen Winter leer gestanden war, zog im Frühjahr ein Paar unseres Alters ein. Wir sehen unsere neuen Nachbarn nicht allzu oft. Gelegentlich liegt die Frau, in einen Bikini gekleidet, in einem Liegestuhl auf der Terrasse. Ein weiterer Liegestuhl, ein kleiner Tisch mit zwei Hockern,

etliche Töpfe mit Kräutern, ein großer Olean-
der und ein bislang ungenutzter Kugelgrill –
das ist die Möblierung des Freisitzes unserer
Nachbarn. Auch der Mann ist von Zeit zu Zeit
draußen zu sehen. Dann hantiert er meistens
an den Kräutertöpfen oder zupft Moos und
Grashalme aus den Fugen des Terrassenbo-
dens. Wenn wir uns über die Gärten hinweg
auf unseren Terrassen bemerken, nicken wir
uns leicht zu, pflegen aber keinen weiteren
Kontakt. Meine Frau noch weniger als ich,
denn sie findet die neuen Nachbarn ohnehin
merkwürdig.

Eines frühen Morgens, es beginnt gerade zu
dämmern, lehne ich, gerade dem Bett entstie-
gen, in der einen Hand die Kaffeetasse, in der
anderen eine brennende Zigarette, nackt an der
Terrassentüre und starre in die schwindende
Nacht. Plötzlich bemerke ich in der Düsternis
des gegenüberliegenden Zimmers den orange-

leuchtenden Punkt aufglimmender Zigarettenglut. Im selben Maße, in dem sich meine Augen auf das Zwielicht einstellen, nehme ich mehr und mehr von meinem Nachbarn wahr. Wie ein sehr großes, bleiches Tiefseetier, welches an die Oberfläche eines schwarzen Ozeans aufsteigt, schiebt er sich ohne Hast aus der Dunkelheit des Zimmers ins erste Morgenlicht. Der Mann hat ebenfalls einen Kaffeebecher in der Hand – bekleidet ist er nur mit Boxershorts. Er wirkt im Morgengrauen des anbrechenden Tages sehr blass, seine behaarte Brust geht, ähnlich wie bei mir, in einen leichten Bauchansatz über. Trotzdem erscheint er mir insgesamt besser in Form, als ich es bin und auch sein Haar ist definitiv voller. Wahrscheinlich dürfte er knapp jünger sein als ich, obwohl das täuschen kann. Sein weißer Körper bildet einen interessanten Kontrast zu den dunklen Shorts. Es sieht gerade so aus, als fehlte ihm in der Mitte ein Stück. Wir blicken angestrengt aneinander vorbei, rauchen unsere Zigaretten, trinken an unseren Kaffeetassen. Schließlich drückt er seine Kippe in einem, auf der Fensterbank neben der Terrassentür stehenden, Aschenbecher aus. Auch ich drücke meinen Zigarettenstummel aus und proste meinem Nachbarn kaum merklich mit der Kaffeetasse zu. Er erwidert den Gruß mit einem leichten Nicken und wir ziehen uns wieder in unsere Wohnungen zurück. Als ich meinen Rechner starte, um mich dem Korrekturpensum für den heutigen Tag zu widmen, freue ich mich über unsere zufällige Begegnung über die Gärten hinweg und fühle mich ein wenig wie ein Forscher, dem es gelungen ist, eine seltene, exotische Spezies aufzuspüren und zu beobachten.

An einem lauen Sommerabend etwa zwei Wochen später sitzen wir mit Freunden zum *Apéro* auf unserer Terrasse. Wir trinken einen leichten Weißwein, rauchen Zigaretten und essen gemeinsam Bruschette. Auch auf der Terrasse am anderen Ende des Gartens sind Leute zu Gast. Mein Nachbar steht am Grill – drüben wird ebenfalls angeregt geplaudert und mit den Gläsern angestoßen. Als ich hinübersehe, treffen sich meine Blicke mit denen meines Nachbarn, der mir unauffällig grüßend zunickt. Ich habe das Gefühl, mein Blick verengt sich zu einem Tunnel, in dessen Zentrum ich den Mann von gegenüber scharf erkenne und alles andere rundherum, meine Frau, unsere Freunde, seine Partnerin und deren Bekannte zu unscharf wabernden Schemen verschwimmen. Gleichzeitig klingen alle Geräusche, das Lachen und Plaudern, das Klingen der Gläser in meinen Ohren seltsam gedämpft. Auf die Entfernung sehe ich, wie mein Nachbar unauffällig eine Hand mit ausgestrecktem Zeige- und Mittelfinger anhebt. Das Signal zu einer gemeinsamen Zigarette früh morgens über die Distanz der Gärten hinweg? Ich nicke wieder und gebe ihm dadurch zu erkennen, dass ich verstanden habe. Einen Sekundenbruchteil später, gerade so, als begäbe ich mich von einer fremden Realität zurück in die eigene, wird mein Blick wieder klar und auch die Geräusche kehren zur gewohnten Lautstärke zurück. Ich klinke mich in das Gespräch ein und genieße den herrlich milden Sommerabend.

Später am Abend haben meine Frau und ich noch auf der Couch leicht beschwipsten Sex bei laufendem Fernseher. Im Wohnzimmer ist es, trotz geöffneter Terrassentüre noch sehr warm und so sitzen wir zuerst, bis auf die Unterwäsche ausgezogen, vor dem Fernsehapparat. Es läuft ein französischer Film über eine sexuell frustrierte Ehefrau, die kurz davor ist, es mit ihrem Fahrlehrer zu treiben und einige Szenen zuvor heimlich das Tagebuch ihrer Tochter gelesen hat. Bald liegt Verena mit dem Kopf in meinem Schoß und ich streichle sanft ihre Brüste und ihren Bauch. Als ich mit der Hand in ihren Slip und zwischen ihre Beine fahre, bemerke ich, wie sie sofort feucht wird. Wir steigern uns in ein hinreichend intensives Vorspiel und schließlich verwöhne ich meine Frau und nicht zuletzt mich selbst *vis a tergo*. Abwechselnd lenke ich mein hart aufgerichtetes Glied in ihre nasse Scheide und vorsichtiger und auch nur ein ganz kleines Stück weit in die Hinterpforte meiner Liebsten, welche letzteres unverhohlen mit halb lust- und halb schmerzvollem Stöhnen beantwortet. Dabei kauert sie, auf einen Ellbogen gestützt, die Fernbedienung fest mit der einen Hand umklammert, vor mir, während sie sie sich, zusätzlich zu meinen nicht ganz unerfolgreichen Bemühungen, mit den Fingern der anderen Hand heftig selbst befriedigt. Als eine Windboe von draußen den halb durchsichtigen Vorhang über die geöffnete Terrassentür weht, glaube ich zu erkennen, wie im Dunkel am anderen Ende des Gartens die Zigarette meines Nachbarn aufglimmt. Die Vorstellung, dass uns der Mann von gegenüber beim Vögeln im fahl flackernden Licht des Fernsehers beobachtet, potenziert meine Erregung. Die Idee, bei unserem Liebesspiel

gesehen zu werden, lässt mich meine Anstren-
gungen noch verdoppeln und ich habe das Gefühl, dass ich mich, trotz vorgerückten Alters
und allzu häufig mangelnder Lebensleistungs-
optimierung, nicht ganz schlecht halte, wie
auch das, immer schneller werdende, Keuchen
meiner Frau beweist. Schließlich erreichen wir
fast gleichzeitig unseren Höhepunkt und ich
ergieße in harten Stößen meinen Samen tief in
ihre Scheide.

„Bleib noch in mir", flüstert meine Liebste
und hält meinen Orgasmus, der sich, ausgehend vom Epizentrum unserer Lust, wellenför-
mig von Synapse zu Synapse über meinen Körper fortpflanzt, noch einen Moment länger aufrecht, indem sie mich mit den Muskeln ihrer
Scheide fest umklammert hält. Sanft nun stoße
ich weiter, als ein kühler Windzug über meinen Rücken fährt und ich eine Gänsehaut bekomme, die sich über meinen Hintern ausbrei-
tet, dann mit einem leisen Gefühl von Hinter-
grundrauschen meine Kniekehlen erreicht und

meinen intensiven Höhepunkt im lautlosen Knall eines imaginären Sprengkörpers verpuffen lässt. Langsam weicht jetzt auch das Blut aus mir und endlich gleite ich von selbst aus den Tiefen meiner Frau. Nach einer Weile des Kuschelns bei einem letzten Glas Wein und einer geteilten Zigarette beenden meine Frau und ich diesen bemerkenswerten Abend und ziehen uns nach einem Gutenachtkuss in unsere Schlafzimmer zurück.

Am folgenden Morgen lasse ich mich kurz vor fünf von den melodischen Klimperakkorden der Schlafzyklus-App auf meinem Smartphone wecken. Es gibt diesen kurzen Moment im Erwachen eines Mannes, in dem ein, beinahe schon erregendes Gleichgewicht zwischen der morgendlichen Erektion und einem aufkeimenden Druck auf der Blase besteht. Jedoch ist alles immerzu in Bewegung und so endet dieser kurze Augenblick damit, dass sich die physiologische Balance immer weiter in

Richtung Harndrang verschiebt. Das ist der Zeitpunkt, in dem ich mein Laken beiseite werfe und das Bett verlasse, um zur Toilette zu gehen. Auf dem Weg zum Pissen schalte ich den Kaffeeautomaten ein. Danach gehe ich, mit der Kaffeetasse zur Terrassentür. Auf der Fensterbank neben der Tür liegt meine Zigarettenschachtel. Daneben ein Feuerzeug. Ich zünde mir eine erste Cloppe an und lehne mich an den Türrahmen. Ich sehe zum Himmel auf, erkenne letzte Sterne in der anbrechenden Dämmerung, spüre die Kühle des Morgens auf meiner nackten Haut, und registriere gleichzeitig, dass es heute wieder einen wunderbar warmen Sommertag geben wird. Auch am anderen Ende des Gartens tut sich was. Mein Nachbar tritt ebenfalls, bewaffnet mit einer Zigarette, in die Terrassentüre und nickt mir erneut unmerklich zu. Wir geben vor, uns zu ignorieren, taxieren uns dennoch genau. Als ich einen Schluck Kaffee nehme, registriere ich, wie er sich am Bauch kratzt. Er nimmt seine Hand aber nicht wieder vom Körper weg, sondern lässt sie langsam nach unten und auf seine Shorts gleiten. Dort lässt er sie und beginnt nun langsam die Stelle zu kneten, an der sich unter einer Schicht Stoff sein Penis verbirgt. Betreten gebe ich vor, wegzusehen und den Mann seinem intimen Tun zu überlassen, doch mein Blick richtet sich dennoch, teils unbewusst, teils absichtlich und voller Neugierde auf seine Hand und wie sie sein Glied massiert. Als ich mir in Erinnerung rufe, dass er meine Frau und mich in der letzten Nacht beim Sex beobachtet hat, merke ich, wie sich bei mir Blut in meiner Körpermitte sammelt. Ich stelle meine Kaffeetasse auf der Fensterbank ab, stecke unter den Augen des Mannes meine Hand in die Unterhose und mache es mir in all meiner Härte bequemer. Als die Zigarette abgebrannt ist, drücke ich sie im Aschenbecher aus. Auch mein Gegenüber hat zu Ende geraucht. Er nimmt die Hand von seinen Shorts und streckt den Daumen in die Höhe, gerade so, als wollte er mich für die Show der letzten Nacht beglückwün-schen, dann wendet er sich zur Seite und ich vermeine, trotz der räumlichen Entfernung, eine deutliche Ausbeulung in seiner Hose zu erkennen. Zu gerne würde ich jetzt noch den Grund für die Beule sehen, aber stattdessen schieben wir uns in die Dunkelheit unserer Zimmer zurück und überlassen uns unseren folgenden Tätigkeiten.

Manche Dinge ändern sich niemals, auch nach beinahe 40 Jahren nicht, denke ich, als ich mit einer frischen Tasse Kaffee auf der Couch sitze. Ich schiebe die zerknüllte Decke von letz-ter Nacht beiseite. In diesem Moment fällt mir mein bester Freund und ein gemeinsames Abenteuer ein. Lukas und ich kennen uns schon seit der ersten Klasse, wir waren zusam-men auf dem Gymnasium, sind zusammen durchgefallen, haben gemeinsam Mist gebaut und schließlich wurden wir gegenseitig unsere Trauzeugen. Unser Kontakt ist nie abgerissen, doch gerade jetzt erinnere ich mich an eines unserer vielen gemeinsamen Erlebnisse ganz besonders:

Wir waren knapp 15, höchstens 16 Jahre alt, als wir zusammen im Garten meiner Eltern über das Wochenende kampierten. Wir hatten unser Zelt auf der Wiese aufgerichtet, rauchten Selbstgedrehte, tranken Bier und schossen mit dem Luftgewehr, das Lukas mitgebracht hatte, auf leere Getränkedosen und Holzschindeln. Als es dunkel wurde und die Besitzer der anderen Gärten nach Hause gegangen waren, flitzten wir. Das war ein beliebter Sport und zugleich eine Art Mutprobe bei Baggerseefeten oder ähnlichen Gelegenheiten. Also zogen wir uns nackt aus und rannten oder stolzierten abwechselnd durch die Gartenanlage. Ich erinnere mich, dass uns die Gefahr, dabei erwischt zu werden, auf der einen Seite beängstigte, andererseits versetzte uns das ausgestoßene Adrenalin auch in Hochstimmung und Erregung.

Wir kletterten über Gartentürchen, wälzten uns wie Tiere im nassen Gras, spritzen uns gegenseitig an fremden Brunnen nass und klauten Karotten aus den Gemüsebeeten, die wir, auf fremdem Rasen sitzend, mit Genuss verzehrten. Als es uns kalt wurde, rannten wir in unseren Garten zurück, um uns abzutrocknen. Im Zelt angekommen, bemerkten wir, dass es in dieser Nacht ganz schön frisch werden würde, also schleppten wir, in unsere Badetücher eingewickelt, die Luftmatratzen und Schlafsäcke in die Gartenlaube. Dort schlugen wir am Fuß des alten Diwans, der seit jeher in der Hütte stand, unser Lager auf. Abgetrocknet und nun nicht mehr frierend, saßen wir am Ende nackt auf unseren Schlafsäcken, rauchten, nippten an unseren mitgebrachten Bierflaschen, plauderten über dies und das, aber vornehmlich über bestimmte Mädchen aus unserer Klasse und wie es wohl wäre, mit ihnen im Bett zu sein. Wir hatten beide noch nie zuvor

Sex gehabt und höchstens auf wilden Klassenfeten und auch im Schullandheim manchmal heimlich oder in der Runde beim Flaschendrehen geknutscht und ahnten natürlich auch noch nicht, dass unser erstes Mal mit einem Mädchen ganz anders verlaufen würde, wie wir uns es in diesem Moment vorstellten. Plötzlich drehte Lukas sich zu seiner Seite, öffnete den Rucksack und zog einen Playboy heraus, den er heimlich seinem Vater gemopst hatte. Gemeinsam blätterten wir in dem Magazin, doch wir interessierten uns weniger für die angeblich guten Artikel, die es bot, sondern eher für die Hochglanzfotos der nackten Frauen in gewagten Posen. Gerade als wir gespannt das Centerfold ausklappten, bemerkte ich, wie Lukas' Penis zu zucken und pumpen anfing, als das Blut in ihn hineinwanderte. Er bemerkte, dass ich es bemerkte und schob schnell und verlegen die Zeitschrift in seinen Schoß. Auch in meinen südlichen Regionen begann sich etwas zu regen – sicherlich zu gleichen

Teilen durch die Bilder im Playboy und auch angesichts der Erektion, die meinen Freund überkommen hatte. Aus den Augenwinkeln nahm Lukas wahr, dass auch mein Glied steif wurde. Deshalb ließ er nach einem weiteren Moment der Verlegenheit auch seine Scheu fallen und schob den Playboy wieder von seinem steifen Geschlecht weg. Wir waren Brüder im Geiste und sind es immer noch. Wir hatte sogar, wie einst Winnetou und Old Shatterhand, Blutsbrüderschaft geschlossen - warum also sollten wir dieses Attribut unserer sprießenden Männlichkeit voreinander verbergen? Wir blätterten weiter und landeten schließlich auf den nächsten Seiten mit Bildern. Diesmal waren sogar zwei Mädchen zu sehen, die sich miteinander auf der Terrasse eines Strandhauses vergnügten. Unwillkürlich wanderte meine Hand über Bauch und Schamhaare zu meinem Penis und ich begann, ihn leicht zu massieren. Lukas, der dies sehr wohl bemerkt hatte, auch wenn er so tat, als sähe er es nicht, zierte sich nun auch nicht länger und fing seinerseits an, sein mittlerweile voll aufgerichtetes Glied zu reiben. Irgendwann rutschte der Playboy von. Lukas' Schoß auf den Boden neben der Luftmatratze und wir bearbeiteten gemeinsam im Takt unsere Steifen. Schulter an Schulter gelehnt onanierend, taxierten wir unauffällig gegenseitig unsere erigierten Geschlechter. Seines war schlank und knapp länger als meins, welches etwas krummer, aber auch dicker war. Auch entdeckte ich, dass Lukas im Gegensatz zu mir seine Vorhaut nicht richtig über die Eichel schieben konnte, da sie wohl zu eng gewachsen war. Heftig atmend näherten wir uns irgendwann dem Orgasmus. Plötzlich bäumte Lukas sich ein wenig auf und er schoss in mehreren heftigen Stößen sein Sperma über Bauch und Brust. Einen Moment später kam auch ich – mein Samen spritzte bis in mein Gesicht. Nach einigen Augenblicken des Höhepunktes verflog der Zauber des Augenblicks ebenso schnell, wie er gekommen war. Während ich mir mit geschlossenen Augen einen Spritzer meines Ergusses aus dem Mundwickel leckte, griff sich Lukas schnell das Handtuch, um seinen Samen vom Körper zu wischen. „Scheiße", rief er plötzlich, als er bemerkte, dass einige Tropfen auf das Cover des Playboys geraten waren. Schnell rubbelte er darauf herum, denn sein Vater durfte nicht bemerken, dass er das Magazin genommen hatte. Auf diese Weise kehrte wieder ein Stück Alltag in unser Leben zurück und auch ich putzte mir am Ende mein Sperma von Körper und Gesicht. Dann fingen wir an zu lachen, nahmen noch einen Schluck Bier, drehten uns eine letzte Zigarette und schworen uns hoch und heilig, niemals jemandem davon zu erzählen…

Natürlich brachen wir beide Jahre später unser Versprechen, denn eines Tages gestand Lukas mir, dass er die Geschichte seiner Frau erzählt hatte. Da musste auch ich zugeben, dass ich irgendwann meiner Liebsten von unserem gemeinsamen Erlebnis

berichtet hatte. Immer, wenn wir uns danach trafen
und unsere Partnerinnen mit dabei waren, hatten
wir das Gefühl, sie würden unsere ewige und un-
verbrüchliche Freundschaft seitdem mit etwas an-
deren Augen sehen.

Schließlich beendeten wir den Abend stil-
echt, indem wir unser restliches Bier austran-
ken. Dann pissten nebeneinanderstehend, den
Waschbeutel unter dem Arm, an die Liguster-
hecke neben der Hütte und fädelten uns am
Ende mit sauberem Gesicht und geputzten
Zähnen in unsere Schlafsäcke.

Einem heißen Sommer folgt ein regneri-
scher Herbst. Fast jeden Morgen rauche ich
meine Zigarette auf der Terrasse und trinke
dazu meine erste Tasse Kaffee, doch mein
Nachbar taucht nicht mehr auf, um mir Gesellschaft zu leisten. Eines Tages jedoch treffe ich
ihn in im Duschraum des Hallenbades. Ich war

gerade mit meinen 50 Bahnen Kraul fertig geworden und stehe nun nackt unter der heißen Brause, als mein Nachbar, ein Handtuch um seine Hüften geschlungen, die Dusche betritt. Wir beäugen uns mit einiger Befangenheit. Er legt sein Handtuch ab und wählt den Duschkopf neben mir. Endlich fasst er sich ein Herz und sagt:

„Nette Ortschaft hier. Nur zu schade, dass es so kurz war."

„Sie verlassen uns schon wieder? Das tut mir leid."

„Ja", antwortet er und spricht weiter: „Meine Frau ist auch nicht allzu begeistert, aber ich bin leider wieder versetzt worden."

„Versetzt worden?"

„Ich bin bei der Bundeswehr und war die letzten drei Monate in Afghanistan. Und ab dem nächsten Monat komme ich an einen neuen Stützpunkt. Früher als erwartet. Tja, da kann man wohl nichts machen."

„Da kann ich Ihnen nur viel Glück wünschen. Und natürlich Ihrer Frau viel Kraft."

„Vielen Dank." Er sieht auf seine Taucheruhr. „Dann will ich mal."

„Ich muss auch los. War nett, dass wir uns mal getroffen haben. Und nochmals viel Glück."

Mein, nun bald, ehemaliger Nachbar nimmt sein Handtuch und den Kulturbeutel an sich und verlässt ohne weitere Worte den Duschraum in Richtung Schwimmbecken. Auch ich sammle meine Sachen ein, die Badehose, die zerknüllt auf dem Boden liegt, mein Duschbad und verlasse, das Handtuch um die Lenden geknotet, die Dusche durch die Türe zu den Umkleidekabinen.

Pyramus und Thisbe

„Pyramus und Thisbe, er der schönste Jüngling, sie hervorragend unter den Mädchen, bewohnten angrenzende…"

„Halt! …die der Orient besaß…"

„Scheiße. Die der Orient besaß, die der Orient besaß, die der Orient besaß. Warum vergesse ich das immer?", fragte mich Lisa.

„Keine Ahnung. Stört vielleicht den Rhythmus?"

„Kann sein. Also nochmal: Pyramus und Thisbe…"

Lisa und ich saßen im Kabuff des Nonstop-Pornokinos, in dem sie jobbte. Lisa ging in eine der Schauspielschulen unserer Stadt und verdiente sich hier ein paar Mark dazu. Wir lebten beide in einer Wohngemeinschaft – also begleitete ich sie häufig und wir lernten miteinander, lasen oder plauderten einfach. Heute stand Textarbeit auf dem Programm. Mit einem Auge musste man jedoch immer auf den kleinen Monitor und den Zähler am Videorecorder achten, um nicht das Ende der Kassette zu verpassen. War das Videoband durchgelaufen, nahm man es aus dem Recorder und legte ein Neues ein. Das war alles, was man für sein Geld tun musste. Es gab acht Kassetten, VHS, schwarz, einfach mit einem Nummernaufkleber auf dem Rücken. Im Kabuff sah und hörte man nichts von der Vorstellung. Die Kunden zahlten im Sexshop, der sich hinter dem anderen Eingang befand und gingen dann für die Zeit, die sie bezahlt hatten, ins Kino. Der Vorführraum war eine schmucklose Kammer.

Zwei Schalenstühle aus Holz, die schon bessere Tage gesehen hatten, ein Tisch mit einem Schwarzweißmonitor mit grisseligem Bild ohne Ton, ein Regal, in dem der Videorecorder und die paar Kassetten standen, welche wahrscheinlich von Wochenrhythmus ausgetauscht wurden. Alles in allem gab es schlimmere, aber natürlich auch weniger öde Jobs, auch wenn sich manche Menschen vorstellten, es wäre Wunder was, in einem Sexkino zu arbeiten.

„Noch einmal: Pyramus und Thisbe, er der schönste Jüngling, sie hervorragend unter den Mädchen, die der Orient besaß, bewohnten angrenzende Häuser, dort wo Semiramis die hohe Stadt mit einer Mauer aus gebrannten Ziegeln umgeben haben soll…"

Ich kam von der Arbeit zurück und fand Lisa mit einer Tasse Tee am Tisch unserer WG-Küche vor. Sie war in einen dicken Wollpullover und einen Schal eingepackt und schniefte, in ein Buch blickend, vor sich hin. Mit am

Tisch, auf dem sich ein immer höher werdendes Gebirge aus vollgerotzten Papiertaschentüchern ansammelte, saß Iris, ein dürres, hellblondes und beinahe durchscheinendes Wesen von schriller Extrovertiertheit. Ich muss gestehen, dass sie mich im Wesentlichen nervte und ich sie wahrscheinlich ebenso wenig leiden konnte, wie sie mich. Sie hatte ebenfalls eine Tasse Tee vor sich stehen. Dazu ein Päckchen *Schwarzer Krauser.* Iris lamentierte mit viel Dramatik in der Stimme über die Ungerechtigkeit der Welt im Allgemeinen und über Cordula, unsere andere Mitbewohnerin im Besonderen, denn Iris und Cordula führten eine lesbische Teilzeitbeziehung. Sie fühlte sich von Cordula zurückgestoßen und suchte ganz offenbar Lisas Rat. Diese warf mir mit rollenden Augen einen genervten Blick zu. Lisa sah aus, als wollte sie am liebsten in ihr Bett verschwinden und dort in aller Ruhe sterben.

„Musst du heute nicht ins Kino?", fragte ich Lisa.

„Ja, scheiße. Ich bin so erkältet."

„Soll ich für dich gehen? Ich muss sowieso noch vier Monate Berichtsheft nachschreiben."

„Das wäre lieb von dir", bedankte sich Lisa bei mir.

„Kann ich mit? Ich muss noch lernen", sagte nun Iris: „Yeah, lernen in einem Pornokino. Das ist bizarr…"

„Hm… klar, kein Problem", log ich und hatte so eine Ahnung, dass der Job heute anstrengend werden könnte.

Beim Sexshop angekommen, schaute ich kurz durch die Ladentüre rein und verkündete Andrea, von der ich annahm, dass sie die Inhaberin war, dass Lisa krank sei und ich heute für sie übernähme.

„Kein Ding…", antwortete Andrea, blickt kurz von ihrem Strickzeug auf und setzte mit einem Blick auf Iris lachend hinzu: „…und macht da drin ja keine Schweinereien."

Im Kabuff wartete schon ungeduldig der Philosophiestudent, der eilig den Wittgenstein oder Adorno, seinen Schreibblock und das Stiftmäppchen in seiner Tasche verschwinden ließ, als er uns sah. Wir grüßten uns kurz und schon war er verschwunden. Iris und ich setzten uns an den Tisch und packten unsere Sachen aus. Ich mein Berichtsheft und einen Stift. Iris zog einen Schreibblock und ein gelbes Reclambüchlein aus ihrer Tasche.

„Was musst du lesen?", fragte ich sie. Nicht, dass es mich, ebenso wie Iris selbst, besonders interessiert hätte. Sie wendete sich mir kurz zu und hielt das Heft hoch. Aha, *Die Nashörner*, Ionesco. Das passende Theaterstück zur Absurdität der gesamten Situation. Ein schneller Blick auf den Zähler des Recorders zeigte mir, dass der Film gerade erst begonnen hatte. Prima. Vierzig Minuten Ruhe.

Ich hatte bereits fast die Berichte eines Monats nachgeschrieben, als ich bemerkte, wie Iris sich nervös auf ihrem Stuhl zu winden begann. Sie versuchte, sich auf ihre Arbeit zu konzentrieren, aber ihre Augen wanderten immer wieder zu dem kleinen Monitor, der direkt vor ihrem Platz stand. Auf dem Bildschirm bahnte sich gerade ein Dreier an. Die Frau fläzte nackt, die Beine gespreizt auf dem Sofa. Links und rechts saßen, ebenfalls nackt, zwei Typen, deren Schwänze sie synchron rieb. Der eine Darsteller nuckelte an den Brüsten der Frau, der andere Kerl fummelte, ebenso professionell wie auch gelangweilt aussehend, zwischen ihren Beinen herum und der Zähler stand bei 22 Minuten. Iris wurde immer unruhiger und ich bemerkte aus dem Augenwinkel, wie ihre linke Hand über den Stoff ihres geblümten Kleides nach unten Richtung Schoß wanderte und sich schließlich dort krallend vergrub. Auf dem Monitor kniete die Frau inzwischen wie ein Hund auf der Sitzfläche des Sofas und lutschte tonlos das Geschlechtsteil des einen Mannes, während der andere sie in einer überzogenen Imitation von Erregung und erfüllt von gestellter Lust *a tergo* nahm.

Als ich mit der sechsten Woche meines Berichtsheftes fertig wurde, war es um Iris' Contenance endgültig geschehen.

„Verdammt", sagte sie und fügte, als wäre niemand sonst im Raum, an den Monitor gewandt, hinzu: „Ich bin schon ganz nass."

Damit schmiß sie ihren Collegeblock und den Ionesco samt seiner Nashornbande in ihre Tasche. Dann rückte Iris den Stuhl zurück und knallte breitbeinig ihre Hacken auf die Tischfläche. Wie schon gesagt, Iris war in der Tat ziemlich extrovertiert und wahrscheinlich musste man das sein, wollte man eine erfolgreiche Schauspielkarriere anstreben, aber das ging über alles, was ich bislang schon von ihr erleben durfte. Sie schob ihr Kleid ein wenig hoch und die linke Hand versank in ihrem Slip.

Ich warf irritiert einen weiteren Blick auf den Zähler des Videorecorders. Noch 13 Minuten, ehe die Kassette mit der Nummer fünf durch die mit der Nummer sechs ersetzt werden musste. Genügend Zeit also, den Raum zu verlassen und draußen eine Zigarette zu rauchen. Und am besten auch noch Andrea in ein kleines Gespräch verwickeln, damit sie nicht auf den Gedanken kam, dem Kabuff einen Besuch abzustatten. Ich nahm also meine Zigaretten aus der Tasche und wollte gerade nach draußen, als Iris sagte:

„Lass mich nicht allein, Andrea. Halt mich fest! Bitte!"

Ich wollte zwar nicht, aber sollte ich ihr den Wunsch abschlagen? Ich überlegte kurz, während ich verzweifelt zu Tür schielte. Draußen waren Schritte zu hören, doch zum Glück blieb die Türe geschlossen. Wahrscheinlich nur ein Besucher des Kinos. Na gut. *No Risk No Fun.* Ich ließ das Berichtsheft Berichtsheft sein, rückte meinen Stuhl hinter den von Iris und griff mit beiden Armen um ihren Bauch. Iris legt ihren Kopf auf meine Schulter und drückt ihn an meine rechte Wange. Gleichzeitig beobachtete ich weiter die Türe. Auf dem Bildschirm kauerte die nackte Frau inzwischen auf einem der beiden Männer. Der andere Mann, der mit dem Schnauzer, besorgte es ihr derweil von hinten. Das Bild fuhr aus der Totalen in den Intimbereich der drei Erotikkünstler und der Monitor zeigte, wie beide Öffnungen der Frau mit den erigiert stoßenden Penissen der Männer ausgefüllt waren. Iris rieb sich nun heftiger zwischen ihren Beinen – auf der Stirn bildeten sich kleine Schweißperlen, während ich unauffällig einige ihrer dünnen, federgleichen Haare, die sich in Iris' Erregung in meinen Mund verirrt hatten, ausspuckte.

Zwischen den Minuten neun und acht erreichte Iris schließlich mit stoßweisem Atem und einem wilden Aufbäumen den Orgasmus. Sie streckte ihren Rücken durch, spannte alle

Muskeln an und rutschte dann, mit dem Ab-
klingen des Höhepunktes, ein Stück weit tiefer
in ihren Stuhl. Ihr Kopf ruhte an meiner Brust
und ich spürte ihren schnellen Puls am Bauch.
Nach einem kurzen Moment ließ ich Iris
schließlich los. Das Trio aus dem Film war nun
auch fertig und es folgt die Einleitung zur
nächsten Pornoszene. Eine Frau, ebenso blon-
diert und mit Dauerwelle, wie die Darstellerin
zuvor, räkelte sich, bekleidet mit einem Ne-
gligé, Strapsen und High Heels, auf einem ab-
artig riesigen Bett und telefonierte lautlos. Iris
rappelte sich mit einem Blick auf ihre nicht vor-
handene Armbanduhr und einem knappen
„Oh, ich muss dann wohl jetzt!" von ihrem
Stuhl auf, zupfte sich das Kleid zurecht und
nahm ihre Tasche.

Ehe Iris das Kabuff verließ, bedankte sie sich
noch bei mir und bat mich, nichts von all dem,
was gerade geschehen war, ihrer Freundin
Cordula zu erzählen. Ich kam ihrem Wunsch

nur allzu gerne nach und verabschiedete mich mit dem unvermeidlichen Küsschen links, Küsschen rechts und noch einem Küsschen links von Iris. Als sie gegangen war, wandte ich mich wieder meinem Heft zu, denn ich hatte mir noch zehn Wochen Arbeitsberichte aus den Fingern zu saugen. Die Frau auf dem Bildschirm hatte mittlerweile Besuch von einer zweiten Frau bekommen und die beiden mussten sich mit dem, was sie laut Drehbuch gleich zu tun gedachten, ziemlich beeilen, denn der Timer stand bei fünf Minuten.

Der Schwimmteich

Verena und ich haben einen Schwimmteich im Garten. Er ist nicht sehr groß, aber mehr als ausreichend, um sich darin genüsslich nach einem Saunabesuch oder heißen Arbeitstag im Garten zu erfrischen. Im Sommer nutzen wir unseren Teich sehr ausgiebig und da unser Garten von keiner Seite einsehbar ist, lässt es sich hervorragend auf der kleinen hölzernen Plattform nackt sonnenbaden. Doch ich will nicht vorgreifen, denn die Geschichte, die hier erzählt werden soll, begann schon einige Wochen früher: Meine Frau und ich kamen eines Abends reichlich angeschiggert von einer Party nachhause. Wir waren mit dem Zug unterwegs, denn so konnten wir beide etwas trinken, ohne unangenehme Konsequenzen fürchten zu müssen. Daheim angekommen, zogen wir uns aus und begaben uns beide, noch von der Party beschwingt, ins Badezimmer. Verena nahm ihre Zahnbürste und die Zahncreme aus ihrem Fach des Spiegelschrankes und begann, ihre Zähne zu putzen. Ich klappte unterdessen die Klobrille hoch und begann, zu pinkeln. Ich war von mir selbst überrascht, wie problemlos mir das in meinem Zustand gelang, denn normaler Weise schaffe ich es in einer öffentlichen Toilette nicht, zu pissen, wenn jemand anderes auch nur anwesend ist. Deshalb schaue ich immer erst nach einer leeren Kabine und wenn alle besetzt sind, warte ich lieber, bis eine frei wird. Aus den Augenwinkeln bemerkte ich, wie meine Frau mich bei meiner Verrichtung beobachtete. Unvermittelt schob sie sich, die Zahnbürste im schaumigen Mund, zu mir herüber, lehnte sich schräg hinter mir an mich, nahm mein Glied und hielt es kichernd fest. Ich unterbrach meinen Strahl nur kurz und leicht überrascht und konnte dann auch gleich weiterpissen.

„Ich ziel mal für dich", sagte Verena beschwipst lachend und mit vollem Mund, „damit du nicht alles vollpinkelst."

Das gelang ihr nur halb, da wir beide ein wenig unter Alkoholeinfluss schwankten. Schließlich war ich fertig, reinigte die Toilette mit etlichen Blättern Klopapier und drückte den Knopf für die Spülung. Danach ging ich ans Waschbecken, um mir ebenfalls die Zähne zu putzen. Was soeben geschehen war, war ganz sicher unserem Zustand zu verdanken, denn unter normalen Umständen hätte Verena ebenso wenig meinen Strahl gelenkt, wie ich die Toilette im Badezimmer in ihrer Anwesenheit benutzt hätte. Meine Liebste hatte unterdessen den Klodeckel wieder heruntergeklappt und nun ihrerseits auf der Schüssel Platz genommen. Sie spreizte dabei ihre Beine ein ganzes Stück weit und lehnte sich gleichzeitig mit dem Rücken gegen den Spülkasten. Dadurch konnte ich während des Zähneputzens beobachten, wie sie zuerst tropfenweise und plötzlich dann in einem kräftigen Strahl zu pinkeln begann. Wahrscheinlich hatte sie es sogar darauf abgesehen, doch in unserem aktuellen Zustand wollten wir beide das Spiel besser nicht weiterführen.

„Wir könnten ja mal…", hub ich zu sprechen an.

„Ja, könnten wir vielleicht, wenn es sich…", unterbrach mich Verena, ohne jedoch den Satz zu vollenden. Dabei beließen wir es auch für diesen Abend und verabschiedeten uns mit einem kurzen Gutenachtkuss in unsere jeweiligen Schlafzimmer.

Wir hatten den ganzen Tag im Garten gearbeitet. Der Rasen war gemäht, die Ränder der Beete begradigt und ich hatte den Schwimmteich, dessen Wasser in der Sommerhitze zu einem Drittel verdunstet war, mit frischem, kaltem Wasser aufgefüllt. Verena, die am Tag zuvor, wie es schien, den halben Gartenmarkt leergekauft hatte, war gerade mit dem Jäten des Unkrauts und dem Einpflanzen ihrer Beute fertig geworden. Nachdem wir unser Tagewerk begutachtet und uns gegenseitig hinreichend zu unserem Fleiß beglückwünscht hatten, beschlossen wir, uns zur Feier des Tages noch im Gartenteich zu erfrischen. Während ich mein verschwitztes T-Shirt, Shorts und die Unterhose abstreifte, nicht ohne zuvor meine Flip-Flops in weitem Bogen von den nackten Füßen gekickt zu haben, holte meine Frau aus dem Kühlschrank im Saunakeller eine Flasche Weißwein und zudem ein paar Gläser. Ich hatte mich derweil in das kühle Wasser des Schwimmteichs gleiten lassen. Ich holte mein

Schweizer Armeemesser aus der Tasche meiner Shorts, entkorkte, im Teich stehend, die Flasche und füllte unsere Gläser. Derweil war Verena aus ihrem Kleid und dem Slip geschlüpft und rutschte ebenfalls in den Schwimmteich. Wir stießen mit den Gläsern an und plantschten im Wasser herum, bis wir langsam zu frieren begannen. Als es mir wirklich kalt wurde, kletterte ich aus dem Teich und legte mich nackt, mit ausgestreckten Gliedern auf die rohen Bretter der Holzplattform, um mich aufzuwärmen und von der Sonne trocknen zu lassen. Meine Liebste folgte mir bald nach und machte es sich ebenfalls auf der Plattform bequem. Sie lag mir zugewandt auf der Seite, den Kopf auf Hand und Ellbogen aufgestützt. Während wir unseren Arbeitstag Revue passieren ließen, wanderte ihre andere Hand zu mir hinüber und sie streichelte mit einem Finger über meine Brust, kreiste um meine Brustwarzen, dann langsam den Bauch hinunter, mäanderte durch den lichten Wald meiner

Schambehaarung, bis sie mein Geschlecht erreichte. Sie umkurvte es mit dem Finger, beschrieb einen Bogen über die Erhebungen meiner Hoden und wanderte schließlich auf der anderen Seite wieder nordwärts. Wieder einmal aufs Neue erstaunt und auch dafür dankbar, wieviel Intimität zwischen uns Mitfünfzigern immer noch nach all unseren gemeinsamen Jahren herrschte, wandte ich mich Verena nun ebenfalls zu. Sie unterbrach ihre Forschungsreise über meinen Körper, wir stießen ein weiteres Mal mit unseren beschlagenen Weingläsern an und tranken aus. Nun begann ich mit den Lippen und der Zunge, mich Verenas Körper zu widmen. Ich begann mit einem Kuss auf ihre Stirn, dann kamen ihre Augen dran. Nach einem gehauchten Kuss auf ihren Mund ließ ich meine Zunge über die Beuge ihres Halses spazieren. Ich küsste sie weiter, bis ich bei ihren Brüsten angelangt war. Ich umspielte die dunklen Höfe ihrer Brustwarzen mit der Zunge und biss sie ganz leicht. Anschließend setzte ich meine Reise zu ihrem zu ihrem Bauchnabel fort, um in dessen kreisförmigen Senke zu verharren. Nach einer kurzen Verschnaufpause nahm ich erneut meine Expedition in Richtung Äquator auf, erklomm den Garten ihrer Schamhaare, genoss auf dem Venushügel die Aussicht und arbeitete mich dann weiter vor und zwischen ihre Beine. Dort senkte ich bohrend meine Zunge zwischen ihre Schamlippen und nahm schließlich eine Probe ihrer Säfte, die dort gerade zu fließen begannen. Nun war meine Frau nicht mehr zu halten. Sie zog mich an den Haaren zurück auf den Rücken und setzte sich auf mich. Ich umklammerte ihre festen Hinterbacken während sie sich auf mir vor- und zurückschob. Ich registrierte, wie ich steif wurde und wollte in sie eindringen. Doch Verena richtete sich auf und sagte:

„Weißt du noch, neulich…?"

Ich konnte mich zuerst nicht erinnern, doch sie brachte mich schnell auf die Lösung. Aus ihr drangen zuerst zwei, drei Spritzer, aber dann begann sie, mit festem Strahl über meinen Penis zu pinkeln. Der wurde davon, unkontrolliert zuckend, noch härter und ich wollte sie unbedingt haben und in ihr kommen. Doch sie ließ mich nicht, sondern fragte stattdessen:

„Bekommst du das auch hin?"

„Ich weiß nicht", antwortete ich unsicher. „Ist auch nicht ganz einfach bei all dem Blut da drin."

Trotzdem drückte ich, versuchte gleichzeitig, entspannt zu bleiben und mühte mich redlich ab und tatsächlich gelang es mir, mich nach und nach von einem Teil des Wassers, das ich über den ganzen Nachmittag getrunken hatte, zu befreien. Zuerst war es nur ein kraftloser, immer wieder unterbrochener Strahl, der zum größten Teil auf meinen Bauch und in meinen Nabel traf, doch endlich gelang es auch mir, meine Schleusen halbwegs zu öffnen. Leider war das Ergebnis nicht ganz so, wie ich es mir gewünscht und vorgestellt habe. Der Strahl wurde, wie ich beinahe schon befürchtet hatte, kaum stärker und er benetzte nur sporadisch Verenas nasse Scheide. Schließlich hatte sie ein Einsehen mit mir und senkte ihren, immer noch tropfnassen, Schoß auf mein hoch aufgerichtetes Glied. Wir kamen gerade so richtig in Fahrt, achteten jedoch darauf, nicht allzu laut zu werden, denn unser schöner Garten war zwar blickdicht, aber nicht schallgedämmt, als es unvermittelt neben uns im Gebüsch raschelte und knackte. Plötzlich trat die dicke, rote Nachbarskatze mit hoch erhobenem Schweif aus dem Blattwerk. Sie hatte sich durch ein Loch im Bretterzaun auf unser Grundstück gemogelt. Die Katze schnürte zielsicher auf die Plattform und setzte sich, kaum 30 Zentimeter von meinem Kopf entfernt nieder. Als ich sie ansah, gab sie ein vorwurfsvoll gurrendes Miauen von sich. Dabei blickte sie unverwandt zwischen mir und Verenas, im Takt wippenden, Brüsten hin und her. Das war der Moment, in dem bei mir das fragile Konstrukt aus körperlicher Erregung, gewissen Blutumleitungen im Kreislauf und kontrollierten Muskelkontraktionen, das in meiner Erektion seinen Kulminationspunkt fand, endgültig wie ein Kartenhaus kollabierte. Ich rutschte mit einem prustenden Lachen aus Verenas feuchter Vagina und sagte:

„Verdammt, ich kann das nicht, wenn die Katze dabei zusieht!"

„Geht mir ebenso", antwortete meine Frau und setzte, ebenfalls lachend fort:

„Komm, Schatz. Lass uns das später nachholen."

Verena wälzte sich von mir und ließ sich in den Schwimmteich gleiten. Ich blieb noch einen Moment liegen und folgte ihr dann ins erfrischende Wasser nach, um den Schweiß und alles andere von meiner Haut zu waschen. Die

Katze indessen drehte sich, nachdem sie festgestellt hatte, dass ihr Ruheplatz frei geworden war, einige Male um die eigene Achse, rollte sich schnurrend zusammen und schlief ein.

Stumblin' In

Gemeinsam mit Verena krame ich in einem alten Fotokarton, den ich bei meinen Eltern mitgenommen habe. Dabei fällt mir eine alte Fotografie in die Hände, die meine Mutter Ende der Siebziger Jahre in unserem Schrebergarten aufgenommen hat. Das Bild zeigt mich und meinen Gartenfreund Volker, ernst in die Kamera blickend, auf unseren Bonanzarädern. Volker sitzt rechts, nur mit einer Badehose bekleidet, die Arme locker über den Hochlenker verschränkt. Ich bin in der Mitte, trage eine abgeschnitten Jeans und ein orangefarbenes T-Shirt. Links ist eine Lücke. Beim Anblick des Fotos steigt mir unwillkürlich der Geruch von geschnittenem Gras, von Erdbeerkuchen mit Schlagsahne und verfaulenden Äpfeln in die Nase. Irgendwer, vielleicht sogar ich selbst, hat mit blauem Kugelschreiber Namen auf das Foto geschrieben. Volker, Andrea und links, dort wo niemand steht, Jörg mit einem krakeligen Kreuz dahinter. Tränen der Trauer und eine Menge düsterer Erinnerungen steigen in mir hoch und plötzlich fühle ich mich zu jenem Nachmittag im Sommer 1978 zurückversetzt, an dem Jörg starb.

Wir waren die besten Gartenfreunde und ein unzertrennliches Trio. Der zögerliche Volker, stets ruhig und besonnen, Jörg, der wagemutigste von uns allen und schließlich ich selbst mit meinem ausgeprägten Hang zur Rebellion und Dummheiten. Wir waren alle 13, höchstens 14 Jahre alt, also fast noch Kinder und erforschten den ganzen Sommer lang, bewaffnet mit Pfeil und Bogen oder Boomerangs die Umgebung unserer Gärten. Wir schwammen im Kanal, streiften über die Wiesen und durch die Maisfelder, fingen Kaulquappen und Ringelnattern in den Altwässern oder spähten durch den Lattenzaun am nächsten Baggersee die Nacktbader aus. Irgendwann hatte Jörgs Vater uns einen Wellenreiter gebaut. Er bestand aus zwei metallarmierten Schaltafeln, die mit Querlatten verschraubt waren. Vorne war ein Seil durch zwei Bohrungen geführt. Daran hing ein starker Karabinerhaken, mit dem der Wellenreiter an einer dicken Leine befestigt werden konnte. Ein weiteres Seil, welches durch ein Stück alten schwarz-gelben Gartenschlauches gezogen war, bildete die Halteleine. An diesem Nachmittag hatten wir Jörgs Wellenreiter aus dem Garten seiner Eltern geschafft. Wir hatten das Haltetau am Brückengeländer festgemacht und den Wellenreiter zu

Wasser gelassen. Dann losten wir: Stein, Papier, Schere.. Ich durfte als Erster. Durch Gewichtsverlagerung nach links und rechts konnte man das Brett in der reißenden Strömung des Kanals steuern. Wenn man sein Gewicht nach vorne verlagerte oder auf den Wellenreiter kniete, ging er unter und man konnte mit ihm zum Grund des Wasserlaufs tauchen. Lehnte man sich nach hinten, kam er wieder an die Oberfläche. Es war unser beliebtestes Spiel, nach unten zu tauchen und vom Grund des Kanals. Steine oder Wasserpflanzen zu fischen.

Während ich auf der starken Strömung surfte, hatte sich auf der Brücke eine kleine Traube von anderen Jungs aus den Gärten und auch zwei Mädchen gebildet. Eins davon war meine Schwester. Sie war zwei Jahre jünger als ich und konnte am längsten von allen tauchen. Das andere Mädchen war Rita vom Garten direkt an der Brücke und der heimliche Schwarm der meisten Jungs, mich eingeschlossen. Sie war vielleicht 15 Jahre alt, hatte eine sonnengebräunte Haut, dunkelbraune Haare mit einem Stufenschnitt im Stil von Suzy Quatro, einer beliebten Rockröhre dieser Zeit. Dazu trug sie einen engen und trägerlosen roten Badeanzug, der ihre jugendlichen Rundungen eher verstärkte als verbarg. Johlend und lachend vereinbarte die Gruppe auf der Brücke die Reihenfolge, wer wann auf den Wellenreiter durfte. Schließlich steuerte ich das Board ans Ufer, an dem Jörg schon voller Ungeduld wartete. Wir tauschten und ich gesellte mich zu den anderen auf der Brücke. Es war ein heißer Sommertag und der Kanal war angenehm kühl. Also beschloss ich, eine Runde zu schwimmen. Ich kletterte auf das Brückengeländer und bombte in den Kanal. Als ich wieder an die Oberfläche kam, entdeckte ich Rita, die ebenfalls ins Wasser gesprungen war und nun zu mir herüberschwamm. Wir ließen uns, Seite an Seite, von der Strömung treiben. Aus irgendeinem Garten entlang des Ufers war durch das leichte

Plätschern des Wassers hindurch scheppernd ein Kofferradio zu hören. Suzy und Chris knödelten im Duett über ihre Jugend und seine Freiheit.

Die Luft roch nach Algen und Gegrilltem. Plötzlich sagte Rita, schneller atmend und ein bisschen heftiger als zuvor wassertretend:

„Mir ist irgendwie komisch, ich habe keine Kraft mehr, kannst du mich mal halten? Da vorn ist die Treppe. Können wir da aus dem Wasser?"

Ich schwamm näher an sie heran und hielt sie ganz leicht und wahrscheinlich auch etwas linkisch am Arm. Es gelang mir, sie zur Treppe zu bugsieren und erwischte selbst gerade noch das Geländer. Ich zog mich aus dem Wasser und sie kletterte hinter mir her. Aus der Ferne hörten wir noch ganz leicht die lautstarke Unterhaltung und das Lachen der anderen. Wir blieben eine Weile stumm und halb im Wasser auf der Treppe sitzen und schließlich gab Rita zu bedenken:

„Wir sollten langsam zurück gehen. Ich will auch mal aufs Brett und mein Alter mag das nicht besonders, wenn ich so lange weit weg bin."

Dann stand sie von der Treppe auf, nahm meine Hand und zog mich ebenfalls hoch. Der Weg zurück führte durch ein kleines Auenwäldchen, das entlang des anderen Kanalufers wuchs. Rita hatte meine Hand nicht losgelassen, sondern inzwischen sogar ihre Finger in meine verschränkt und zog mich stumm weiter. Auch ich wusste nicht so recht, was ich sagen sollte, also schwieg ich ebenfalls. Plötzlich riss sie sich los und rannte, auffordern ihre Schulter zu mir herüberblickend, tiefer in den Wald. Ich nahm ihre Einladung gerne an, denn es war besser, als sich anzuschweigen und eilte ihr hinterher. Rita wollte gerade um einen Baum entwischen, als ich sie mit einer raschen Bewegung am Arm schnappte. Sie drehte sich zu mir und ich merkte, dass sie ziemlich viel

Kraft hatte, denn sie nahm mich bei beiden Armen und drückte mich gegen die schrundige Rinde des Baumes. Nun schob sie sich gegen mich, immer noch meine beiden Handgelenke fest umklammert haltend und küsste mich, ihren Kopf im Nacken, auf den Mund. Es gelang mir, mich ihrem Griff zu entwinden und ich nahm Rita in meine Arme. Ich merkte, wie sie ihren Mund leicht öffnete und ihre Zunge gegen meine gespitzten Lippen drückte. Ich gab ihr nach und unsere Zungenspitzen berührten sich zaghaft. Eingeklemmt zwischen Busen und Borke, den Bast des Baumes im Rücken und Ritas nassen und kalten Badeanzug gegen Brust und Bauch geschmiegt, erfuhr ich mit geschlossenen Augen meinen ersten richtigen Kuss. Unsere Zungen wurden nun neugieriger und erforschten Gaumen, Zahnreihen, die Innenseiten unserer Lippen. Die Zeit blieb für mich stehen und ich nahm während des endlos scheinenden Kusses das Summen der Insekten, Ritas Haut, die Härchen auf ihren Armen und im Genick und auch den Geruch des Waldes, der Rinde und ihres Haares in nie gekannter Intensität wahr.

Dann wurden wir von Geschrei unterbrochen. Die Unendlichkeit des Moments zerplatzte und hätte man eine Uhr gehabt – der eingefrorene Sekundenzeiger hätte sich in diesem Augenblick mit einem einzelnen, ohrenbetäubend lauten „TICK" gelöst und wäre weitergesprungen. Gellende Hilferufe ertönten von der nicht weit entfernten Brücke. Rita und ich ließen betreten und scheu voneinander ab. Wir vermieden es, uns in die Augen zu sehen und rannten am Kanalufer entlang in Richtung des Steges. Von der anderen Seite kamen Väter angelaufen. Die Jungs auf der Brücke zogen mit aller Kraft am Seil des Wellenreiters, der offenbar untergegangen war und nun am Grund des Kanals gehalten wurde, doch die Strömung war zu stark, um ihn an die Oberfläche zu bekommen. Zwei Väter gesellten sich dazu.

Nachdem auch sie vergeblich versucht hatten, das Board zu bergen, schnitt ein dritter Mann, Ritas Vater, das Tau mit seinem Taschenmesser durch. Als er uns und unsere unwillkürlich schuldbewussten Blicke entdeckte, blickte er Rita und mich böse an und ich spürte, wie ich unter meiner Sonnenbräune rot vor Scham wurde. Doch dafür war jetzt keine Zeit. Alle, die Väter und wir Jugendlichen eilten am Ufer entlang stromabwärts, bis etwa 50 Meter unterhalb der Brücke der Wellenreiter schließlich auftauchte. Ein Junge lag flach und leblos auf dem Brett, die Halteleine um den Hals geschlungen. Beim Tauchen musste er sich auf dem Bauch ganz nach vorne auf den Wellenreiter gelegt haben. Dabei hatte sich wahrscheinlich die Leine um ihn verheddert und er war erstickt oder ertrunken. Ritas Vater hechtete mit Anlauf in den Kanal und kraulte dem Brett hinterher, bis er es schließlich erwischte. Dann steuerte er es vor sich her bis zum nächsten

Treppenausgang. Wir waren dort schon angekommen und mussten entdecken, dass der leblose Junge auf dem Wellenbrett Jörg war. Ritas Vater machte ihn los, während einige von uns den Wellenreiter festhielten, zog ihn ans Ufer und versuchte, Jörg, der bewegungslos und mit geöffneten Augen im Gras lag, wiederzubeleben. Weil es damals noch keine Handys, sondern nur Wählscheibentelefone gab, war Volkers Vater mit dessen Bonanzafahrrad zur Vereinsgaststätte gerast und hatte von deren Apparat aus die Polizei und den Notarzt angerufen. Dann kam Jörgs Mutter, eine dicke Frau, die man immer nur gemütlich in der Hollywoodschaukel sitzen sah, herbeigeeilt. Sie schlug, mit weit aufgerissenen Augen die Hände vor den Mund, als sie erkannte, was geschehen war. Schreiend und weinend stürzte sie sich auf ihren bleichen, toten Jungen. Gerade, als der Krankenwagen kam, hatte Ritas Vater genug von uns gaffenden und fachsimpelnden Heranwachsenden und schickte uns alle zurück in unsere Gärten. Zu seiner Tochter sagte er mit einem strengen und allwissend erscheinenden Blick, der auch mich streifte, als sie gerade ebenfalls gehen wollte:

„Und wir sprechen uns noch, mein Fräuleinchen."

Schnell machten meine Schwester und ich, dass wir in unseren Garten kamen. Unsere entsetzten Eltern verboten uns, nachdem sie unserer atemlosen Erzählung zugehört hatten, an diesem Nachmittag, den Garten noch einmal zu verlassen. Schließlich packten wir unsere Sachen zusammen und fuhren still nach Hause. Während der Fahrt wurde mir erst bewusst, wie der Tag, der zum Besten in meinem bisherigen Leben hätte werden können, das schrecklichste und grausamste Ende nahm, welches nur vorstellbar war.

Als ich abends im Bett lag, versuchte ich, mir im Geiste Ritas Gesicht, ihre Lippen und ihren Körper vorzustellen, doch jedesmal, wenn es mir fast gelungen war, verblasste ihr Bild und stattdessen blickten mich Jörgs gebrochene Augen an. Ich sah seinen Körper und das nasse Haar, das in seinem bleichen Gesicht klebte. Und ich sah immer wieder die blauroten Würgemale an seinem Hals – dort, wo er sich an der Halteleine selbst stranguliert hatte. Volker und ich mieden in den folgenden Wochen auf unseren Streifzügen die Reihe, in welcher der Garten von Jörgs Eltern lag und schon bald gab es auch einen neuen Wellenreiter. Als wir eines Tages dann doch an Jörgs Garten vorbeiliefen, entdeckten wir, dass die Hollywoodschaukel abgebaut und das Gras nicht gemäht war. Und noch einige Zeit später sah ich einen fremden Mann und dessen Frau, die den Garten wieder in Ordnung brachten und sich auch bald als die neuen Pächter vorstellten. Häufig ging ich auch, allein mit meinen Gefühlen, an Ritas Garten vorbei, doch meistens war niemand da und wenn, sah sie mich nicht und ich traute mich auch nicht, nach ihr zu fragen. Im kommenden Frühjahr hatten auch Ritas Eltern den Garten aufgegeben und ein dicker Mann, der uns stets lustig zunickte und dabei mit seiner Heckenschere klapperte, wenn er uns sah, hatte ihn übernommen.

Erst nach langer Zeit und mit feuchten Augen lege ich das vergilbte Foto zurück in die Schachtel zu den anderen Bildern. Verena ahnt das Schreckliche, den Verlust und auch die Gefühlsverwirrung, die mit dem Bild einhergeht, aber sie fragt nicht danach. Stattdessen legt sie tröstend den Arm um mich und lehnt ihren Kopf gegen meine Schulter. Alles ist gut.

Frisch gestrichen

Vor etwa fünf Jahren steckten meine Frau Verena und ich unserer bislang größten Krise. Wir waren an einem Punkt angelangt, an dem wir nur mehr auf eine ungesunde Weise nebeneinander her lebten. Statt miteinander zu reden, konsumierten wir. Fernsehen, Shopping, Essen. Sex fand in unserer Beziehung nur noch sehr gelegentlich statt und wegen kleinsten Belanglosigkeiten gerieten wir uns in die Haare. Wir waren nahe daran, uns zu trennen oder eine Eheberatung aufzusuchen. Doch eines Abends, als es wieder einmal ganz besonders schlimm zwischen uns stand, schafften wir es dann doch, miteinander zu reden. Dabei kam alles, was sich in den letzten Jahren zwischen uns aufgestaut hatte, endlich einmal zur Sprache. Und das war eine ganze Menge. Die ermüdende Gleichförmigkeit unserer Beziehung war ein wichtiges Thema, Gewohnheiten und öde Routinen, die sich eingeschlichen hatten, der Wunsch nach Änderungen, Sex, der den faden Beigeschmack von Frustration und Langeweile verbreitete und allerlei mehr. Wir diskutierten, wir stritten auch heftig, stellten unsere gesamte Ehe auf den Prüfstand, es wurde laut und viele Tränen flossen. Ich weiß nicht mehr, wie es dazu kam, doch plötzlich sagte Verena:

„Dann muss ich dir wohl jetzt mal ein Geständnis machen."

Ein Geständnis? Das ließ bei mir sämtliche Alarmglocken schellen und ich fragte vorsichtig:

„Ok…? Und was ist das, was du mir gestehen willst?"

Verena erzählte mir nun folgende Geschichte: Im Jahr zuvor waren gute Freunde von uns Besuch. Sonja und Pieter waren etwa im gleichen Alter wie wir. Wir kannten uns schon lange und trafen uns etwa ein- bis zweimal im Jahr. Letzten Sommer war es nach einigem Hin und Her, samt komplizierter Terminfindung wieder einmal soweit. Wir hatten Pieter und Sonja zum Grillen eingeladen. Als wir gegessen hatten, saßen Pieter und ich auf der Terrasse, plauderten, tranken Wein, und rauchten ein Verdauungszigarettchen. Verena und Sonja hatten unterdessen das Geschirr in die Küche gebracht und bereiteten ein Dessert zu. Meine Frau und Sonja unterhielten sich über dies und das, während sie Kekse für den Nachtisch zerkrümelten. Plötzlich gab Sonja meiner Liebsten im Spaß einen Klaps auf ihren Hintern, aber nahm die Hand nicht mehr weg, sondern begann sanft, Verenas Pobacken zu kneten. Dabei zog sie, mit den Fingern krabbelnd, den kurzen Rock meiner Partnerin langsam nach oben, bis zwischen Sonjas Hand und Verenas Hintern nur noch der dünne Stoff ihres Slips war. Verena war von Sonjas Avancen verwirrt und wollte sich ihr zuerst entziehen, ließ es aber geschehen. Während Sonja Verenas Po streichelte, schob sie sich näher an sie heran und küsste sie leicht in den Nacken. Meine Frau sagte, sie wusste vor lauter Verwirrung nicht, wie ihr geschah, doch dann, eher instinktiv und aus der Laune heraus, drehte sie sich zu Sonja hin und küsste sie erst zaghaft und in der Folge immer leidenschaftlicher auf den Mund. Als sie sich nach einem langen Kuss wieder voneinander gelöst hatten, machten sie schnell, als wäre nichts passiert, das Dessert fertig, ehe Pieter oder ich auf die Idee gekommen wären, ahnungslos in die Küche zu schauen und sie dort zu überraschen. Später beim Nachtisch verabredeten die Beiden fröhlich und unter allgemeinem Beifall ein Wellnesswochenende nur für Mädels in den Bergen. Natürlich konnten zu diesem Zeitpunkt weder mein Freund Pieter noch ich ahnen, was hinter diesem Kurzurlaub steckte und das unsere beiden Frauen dies nutzten, um einmal auf eine andere Weise, als wir ahnen konnten, aus ihrem Ehealltag auszubrechen und Sonja und Verena wiederholten ihre Wochenenden bis zu unserem Gespräch noch einige Male.

„So, jetzt ist es raus und ich kann verstehen, wenn du deshalb mit mir Schluss machen willst", sagte Verena unter Tränen.

„Scheiße, das muss ich erstmal sacken lassen", antwortete ich hart, stand auf und ging in die Küche, um am Fenster erst einmal eine auf den Schock zu rauchen. Die Beiden trieben es an ihren Wellnesswochenenden miteinander und hatten den Betrug auch noch zu allem Überfluss unter Pieters und meinen Augen miteinander vereinbart. Was sollte ich nur davon halten? Sollte ich mich von Verena trennen? Auf der anderen Seite war ich ja an der Situation, in der wir uns befanden, nicht unschuldig. Auch meine Gleichgültigkeit hatte unsere Partnerschaft in diese Krise geführt. Aber wie sollte ich mit dem Wissen um Verenas Betrug an ihrer Seite bleiben? Vielerlei Gedanken jagten ziellos durch mein verwirrtes Hirn, als ich plötzlich spürte, dass Verena hinter mir stand. Schon legte sie ihre Arme um mich:

„Es tut mir so leid. Ich liebe dich doch."

„Mensch, ich liebe dich auch. Entschuldige, ich bin total durcheinander.

„Bin ich ebenfalls und ich werde das beenden. Ich fühle mich so schuldig."

Ich drehte mich zu Verena um und nahm sie nun meinerseits in die Arme:

„Also, irgendwie ist das natürlich auch meine Schuld. Wahrscheinlich zum größten Teil. Hat denn Pieter eine Ahnung davon?"

„Oh, Pieter weiß das schon lange. Ich glaube, Sonja hat es ihm gleich nach unserem Grillabend erzählt. Weißt du nicht, dass die Beiden schon lange eine offene Beziehung führen."

„Na, toll. Schatz, du weißt doch, dass ich immer alles als Letzter mitbekomme. Cool, wir sitzen zusammen in der Sauna oder der Kneipe und jeder weiß mehr als ich."

Arm in Arm gingen wir zurück ins Wohnzimmer, als ich Verena frage:

„Willst du sowas auch, so eine Beziehung? Offen, meine ich?"

„Um Gottes Willen nein, nicht so."

„Stell dir vor, ich hätte Pieter so angebaggert", lachte ich dann, schon deutlich entspannter.

Verena sah mich mit einer hochgezogenen Augenbraue an und sagte, die Arme in die Hüften gestemmt:

„Echt jetzt? Ihr seid sowas von hetero. Das wird nie was.

„Hast du ne Ahnung…", antwortete ich verschmitzt. „Und was machen wir jetzt?"

„Ich weiß auch nicht. Ich kann das mit Sonja beenden. Ich könnte aber auch nicht böse sein, wenn dir sowas geschieht. Schau mal, wir sind jetzt schon so lange zusammen und haben jede Menge miteinander erlebt."

Wir saßen auf dem Sofa und redeten noch lange weiter. Auch ziemlich um den heißen Brei, wie ich zugeben muss. Irgendwann ging ich in die Küche und holte aus dem Kühlschrank die angebrochene Flasche Wein und dazu zwei Gläser. Ich schenkte uns ein. Dann stieß ich mit Verena an und sagte:

„Also, ich habe nachgedacht oder es zumindest versucht. Ich glaube, ich kann mit eurer Wellnesswochenendbeziehung oder was das auch immer sein mag, einigermaßen leben. Du hast recht – vielleicht schadet es uns nicht, wenn wir nach all der Zeit, die wir nun schon zusammenleben, gewisse Dinge künftig etwas lockerer sehen."

Wir tranken und ich setzte, anzüglich grinsend hinzu:

„Außerdem muss ich ehrlich zugeben, dass mich die Vorstellung, wie du es mit Sonja treibst, schon ein wenig heiß macht."

Verena trank ihr Glas in einem Zug aus und antwortete mit einem Augenzwinkern:

„Na, dann lass uns schnell in mein Schlafzimmer gehen. Wir haben da ein paar Sachen zu erledigen."

Meine Liebste führte also ihre Affäre mit Sonja fort und sie tut es bis heute und mit der Zeit gewöhnte ich mich daran. Irgendwann war ich sogar an einem Punkt angelangt, an dem ich mich auf die sturmfreie Bude freute und ihr von Herzen ein schönes Wochenende wünschen konnte. Ich selbst jedoch gab mir keine besondere Mühe, nun meinerseits jemanden kennenzulernen und war mit meinem Leben mit Verena zufrieden, bis sich im August des übernächsten Jahres auch für mich eine Gelegenheit ergab. Diese war allerdings vollkommen unerwartet und ganz anders, als ich es mir manchmal heimlich ausgemalt hatte.

Ich war voller Vorfreude auf das kommende Wochenende, denn ich wollte ungestört einige Texte für einen Leseabend überarbeiten und meinen Vortrag vorbereiten. Verena packte ihre Tasche mit den Sachen für die Wellnesstour mit Sonja, als mein Smartphone klingelte. Es war meine Tochter Anne, das geliebte Resultat einer früheren und längst gescheiterten Beziehung. Sie war inzwischen 26 Jahre alt und wir trafen uns gelegentlich auf einen Kaffee in der Stadt. Auch ansonsten stand ich mit ihr, ebenso wie mit ihrer Mutter, in regelmäßigem Kontakt. Wir kamen alle gut miteinander aus und ich war froh darüber. Meine Tochter wollte sich für einen neuen Job bewerben und bat mich, über ihre Bewerbungsunterlagen zu sehen. Dazu verabredeten wir uns für den folgenden Tag in der Stadt. Am nächsten Vormittag saßen wir gemeinsam bei einem Stück Kuchen und einem Cappuccino im Café. Ich sah mir gerade Annes Bewerbungsmappe an, als sie sagte:

„Die Mama will morgen das Zimmer unterm Dach streichen. Sie hat mich gefragt, aber ich habe morgen keine Zeit und ihr vorgeschlagen, die ganze Aktion um eine Woche zu verschieben. Du weißt ja, wie stur Mama manchmal sein kann und jetzt will sie es allein machen."

Ohne erst einmal darüber nachzudenken (*wie leider meistens…*), bot ich meine Hilfe an und bereute es auch schon einen Moment später, doch Anne warf sich mit einem Kuss und einem „Danke, Papa…" um meinen Hals und die Sache war dummerweise abgemacht. Da konnte ich nicht mehr raus. Eigentlich wollte ich etwas anderes tun und hatte ganz und gar keine Lust, am Samstag bei brütender Hitze meiner Ex beim Streichen zu helfen, aber für einen Rückzieher war es nun zu spät. Am nächsten Vormittag packte ich meine gammeligsten Shorts und ein altes T-Shirt ein und machte mich auf den Weg zu Sonjas Mutter, nicht ohne ihr zuvor eine Nachricht geschrieben zu haben, um mein Erscheinen anzukündigen. Petra erwartete mich schon und gemeinsam begutachteten wir die Baustelle im Dachgeschoss. Zum Glück war das Zimmer schon ausgeräumt, alles abgeklebt und der Dielenboden mit Folie zugedeckt. Auch genügend Malerfarbe, Pinsel und Rollen sowie eine Leiter standen bereit. Im Zimmer war es schrecklich heiß und ich beschloss, mich erst einmal umzuziehen. Ich zog die Shorts an, verzichtete auf das T-Shirt, da ich jetzt schon schwitzte und blieb barfuß. Petra trug ein altes Herrenhemd und hatte sich aus Zeitungspapier einen Hut gefaltet. Zuerst wollten wir die Kanten streichen. Ich kniete mich mit einer kleinen Malerrolle auf den Boden und begann, an den Sockelleisten entlang zu malen. Petra stieg mit einer weiteren Rolle auf die Leite, um zuerst die Decke zu streichen. Als ich zu ihr aufblickte, um den Fortschritt ihrer Arbeit zu begutachten, sah ich, dass sie unter ihrem Hemd keinen Slip trug. Nichts war mir ferner, als mich davon ablenken zu lassen, also pinselte ich weiter an den Leisten herum. Plötzlich hörte ich hinter mir ein lautes Rumpeln, gefolgt von einem herzhaften „Scheiße!!!". Ich sah mich um und stellte fest, dass Petra beim Abstieg von der Leiter in den Farbeimer getreten war. Während sie wie ein Rohrspatz schimpfte, konnte ich nicht mehr an mich halten und fing an, teils aus Schadenfreude und teils wegen der Komik der Situation, lauthals zu lachen. Petra fand das zuerst nicht besonders komisch, konnte aber schließlich nicht anders, als in mein Gelächter einzufallen. Dann stieg sie aus dem Farbeimer, tunkte die Rolle ein und zog sie mir, als ich nicht aufpasste, über Brust, Bauch und die halbe Shorts.

„Das ist die Rache dafür, dass du über mich gelacht hast", schimpfte sie mich scherzhaft. Das konnte ich nicht auf mir sitzen lassen. Als sie sich wieder der Arbeit zuwenden wollte, schlug ich zurück. Ich tauchte den Pinsel tief in den Farbkübel, schwang ihn in ihre Richtung und bespritzte sie von den Haaren bis zu ihren nackten Füßen mit Farbe. Dass Petra sich das nicht gefallen ließ, war klar. Sie tauchte eine Hand in den Eimer und strich mir mit der flachen Hand über mein Gesicht. Als ich ihren Angriff abwehren wollte, glitt ich auf der nassen Farbe aus. Im Fallen griff ich nach Petras Hemd und wir gingen beide lachend zu Boden. Ich schmierte mit den Händen über die Tünche, die sich auf dem Boden verteilt hatte, zog Petras Hemd hoch und klatschte ihr auf die Hinterbacken. In diesem Moment machte sie sich ihrerseits an meinen Shorts zu schaffen und zog sie mir über die Füße. Ehe meine Ex ihrem Kopf zwischen meinen Beinen versenkte, um meinen Penis, der sich nun zusehends mit Blut füllte, mit dem Mund zu verwöhnen, zog ich ihr noch schnell das Malerhemd über den Kopf. Ich ließ sie nicht sehr lange gewähren, sondern warf sie stattdessen auf den Rücken, schob mich ohne weiteres Vorspiel zwischen ihre weit gespreizten Beine und drang mit aller Macht in ihre, inzwischen feucht gewordene Vagina ein. Mit lautem Stöhnen nahm sie mich in sich auf und klatschend stieß sie ihr Becken gegen meinen Unterleib. Es dauerte auch nicht allzu lange, bis ich mich mit mehreren Stößen in meine Verflossene ergoss. Dann ließ ich mich schwer auf sie fallen.

„Du warst auch schon leichter", kam ihr trockener Kommentar.

„Du hast recht, wir waren schon beide besser in Form", gab ich lachend und gleichzeitig heftig atmend zur Antwort und rollte mich von ihr herunter. Zum Glück erinnerte ich mich an früheren Sex mit Petra und schob meinen Kopf

zwischen ihre Beine und saugte sanft und allmählich immer härter an ihrer perlgroßen, her-
vorstehenden Klitoris mittels eines erstklassi-
gen (*...an Selbstbewusstsein hat es mir an diesem
Tag wohl nicht gemangelt*) Cunnilingus, worauf
sie, erst stöhnend und dann einen Augenblick
später mit einem spitzen Schrei hart meinen
Kopf wegstieß und unter Anspannung all ihrer
Muskeln, sowie einigen starken Spritzern Flüssigkeit, die sich in hohem Bogen aus ihrer Blase
auf die Plastikplane zwischen die nasse Farbe
ergossen, einen heftigen Orgasmus erlebte. Am
Ende lagen wir schweißglänzend und mit Tünche verschmiert nebeneinander auf der Maler-
folie, die den Boden bedeckte, als Petra mehr
zu sich selbst, statt zu mir sagte:

„Na, hoffentlich haben wir jetzt noch genügend Farbe."

„Schauen wir mal. Das wird schon ausrei-
chen. Aber wir sollten echt weiterstreichen,
sonst werden wir hier nie fertig."

Meine Ex stimmte mir zu und als wir uns wieder gesammelt hatten, tünchten wir in den nächsten zwei Stunden, nackt wie wir waren, das Zimmer fertig. Als wir endlich unsere Arbeit beendet und für hinreichend gut befunden hatten, gingen wir gemeinsam unter ihre Dusche und trieben es dort im Stehen entspannt ein zweites Mal miteinander, während das warme Wasser die Farbe und den Schweiß von unseren erhitzten Leibern spülte. Wieder sauber und angezogen gingen wir danach in den Garten auf die Veranda. Petra hatte morgens schon Kuchen besorgt und inzwischen auch Kaffee aufgebrüht. Als wir am Kaffeetisch saßen, meinte Petra, die die Dinge gerne schnell auf den Punkt brachte, irgendwann von sich aus:

„Also, die ganze Sache hier. Ich weiß ja, dass du verheiratet bist und was mich angeht: Ich habe nun alles andere als Lust auf eine Beziehung und schon gar nicht mit dir, wie du dir sicher vorstellen kannst. Allerdings…"

„Allerdings?"

„Allerdings hätte ich, wenn es dem Herrn passt, nichts gegen ein gelegentliches Nümmerchen einzuwenden. Bei dir weiß ich immerhin, was ich bekomme und das ist nicht das Allerschlechteste, nehme ich an. Wie siehst du das?"

An mir nagte schon ein schlechtes Gewissen, denn ich hatte Verena betrogen – sogar zweimal. Doch dann erinnerte ich mich wieder daran, was sie womöglich gerade mit Sonja in ihrem Wellnesswochenende trieb und meine Schuldgefühle verflogen auf der Stelle. Also antwortete ich erleichtert:

„Klar, warum nicht. Wäre mir eine Freude. Aber nicht zu oft und etwas weniger heftig. Du weißt, ich bin ein alter Mann", fügte ich grinsend hinzu.

„Ja nee, ist klar. Hast du am Heiligen Abend vor der Kirche schon was vor?", lachte Petra nun ihrerseits und setzte wohlwissend, dass wir am Nachmittag des Christfestes immer in die Kirche und danach zum Kaffee zu unserer Tochter gingen, während der Abend den Familien meiner Frau und mir gehörte, hinzu:

„Oder statt der Kirche. Noch Kaffee?"

Gerade, als Petra mir Kaffee nachschenkte, trat unsere Tochter Anne auf die Veranda. Sie blickte zwischen uns hin und her und fragte dann:

„Wie? Habt ihr noch nicht gestrichen? Kann ich euch was helfen?"

Doch, doch. Wir sind längst mit allem fertig", antwortete ich und Petra setzte mit einem Augenzwinkern an meine Adresse fort: „Aber sowas von…!"

Reiterkampf

Am späteren Nachmittag wurde das Schneetreiben immer heftiger. Da es zugleich auch noch einen Temperaturanstieg gab, mischten sich erste Regentropfen unter die, ohnehin schon nassen und wasserschweren Schneeflocken. Watteweiße Nebelschwaden zogen über den Gipfel des Berges und krochen spinnenfingrig durch den Wald und entlang der Skipiste ins Tal hinab. Wir waren gerade mit der Gondelbahn zur Bergstation gefahren

und beschlossen unter dem Vordach der Ski-
station, vor dem widrigen Wetter geschützt,
die letzte Abfahrt des Tages hinter uns zu bringen. Wir, das waren unsere Freunde Georg
und Anke, sowie meine Verlobte Verena und
ich. Durch den Schneefall, zu dem jetzt auch
noch ein starker Wind blies, kämpften wir uns
hinab ins Tal. Durch unsere beschlagenen und
regennassen Skibrillen waren die Pistenmar-
kierungen kaum noch zu erkennen. Schließlich
erreichten wir durchweicht und mit schmer-
zenden Gelenken die Talstation und den Parkplatz. Hier unten im Tal regnete es inzwischen
nur noch und das Wasser verwandelte die ge-
kiesten Parkflächen in eine matschige Seen-
landschaft. Wir schnallten unsere Skier ab und
eilten, so schnell es eben in den schweren Ski-
schuhen möglich war, zu Georgs Auto. Dort
angekommen, montierten wir die Skier auf den
Dachträger, warfen die Skistöcke in den Kofferraum, lockerten noch die Schnallen unserer
Skischuhe und wuchteten uns ins Fahrzeug.

Zum Glück war der Weg zum Haus von Georgs Vater nicht weit und so waren wir schon nach kurzer Zeit im Warmen. Georgs Vater war ein mittelmäßig prominenter Fernsehschauspieler und hatte sich vor Langem von seiner Gage eine Berghütte gekauft und diese nach und nach ausgebaut. Da er nur sehr selten hier war und die meiste Zeit des Jahres an irgendwelchen Filmsets oder in seiner Wohnung in Wien verbrachte, konnte Georg samt seinen Freunden die Hütte nach Herzenslust nutzen. Wenn man die Hütte betrat, erreichte man zuerst einen geräumigen Flur. Rechts ging es in die Wohnküche und links war die Stube. Oben befanden sich das Bad und die Schlafzimmer. Im ausgebauten Untergeschoss gab es eine holzgetäfelte, altmodisch eingerichtete Kellerbar, die wie ein Relikt aus den siebziger Jahren wirkte und einen Swimmingpool samt Sonnenbank und kleiner Sauna.

Nachdem wir allesamt frisch geduscht waren und eine große, gemeinsam in der Zwischenzeit zubereitete Schüssel mit wärmenden Kässpatzen verputzt hatten, beschlossen wir, den Abend in der Kellerbar bei einer oder mehreren Flaschen des hervorragenden Rotweins, den Georgs Vater im Laufe der Jahre angesammelt hatte, stilvoll ausklingen zu lassen. Auch ein Saunagang war vorgesehen, um die Restkälte aus den Knochen zu treiben. Deshalb schaltete ich, kaum dass wir in der Bar waren, schon einmal das Schwitzbad ein. Schon bald genossen wir das erste Glas Wein, plauderten über den Skitag und die bevorstehende Hochzeit von Verena und mir. Nach einem weiteren Glas des ausgezeichneten Roten, den Georg aus dem Weinregal seines Vaters hervorgezaubert hatte, wurde es höchste Zeit, eine Runde im Pool zu schwimmen. Die Sauna war auch schon fast auf Temperatur, also stand einer entspannenden Wellness-Session nichts mehr im

Wege. Eilig schlüpften wir aus unseren bequemen Hausklamotten und hüpften nackt ins Schwimmbecken. Wir plantschten schon eine Zeitlang im angenehm temperierten Wasser, als Georg plötzlich untertauchte und zwischen Ankes Beine schwamm. Dann kam er wieder an die Wasseroberfläche und rief prustend, seine Freundin auf den Schultern balancierend:

„REITERKAMPF! Traut euch, wenn ihr keine Feiglinge seid."

Das ließen Verena und ich uns nicht zweimal sagen, also ging auch ich unter Wasser und lupfte meine Liebste ebenfalls auf die Schultern. Schon gingen wir, wild um uns spritzend, aufeinander los. Die Mädchen hielten sich fest nach Ringermanier im Klammergriff und versuchten, sich gegenseitig von unseren Schultern zu stemmen, während Georg und ich alles daransetzten, uns unter Wasser die Beine zu stellen, um den anderen zum Stolpern zu bringen. Lange wogte der Kampf unentschieden hin und her. Wir umkreisten uns, den Gegner taxierend, um aus dem Nichts blitzschnell und unvermittelt zuzustoßen. Plötzlich hatte Verena Anke so in den Griff bekommen, dass sie ihre Freundin zur Seite wegschieben konnte, doch Georg schaffte es im Straucheln, sich mit einem Fuß strampelnd und stochernd um mein Bein zu wickeln und mich zu Fall zu bringen. Gemeinsam stürzten wir ins Wasser und beendeten den Reiterkampf, ohne dass ein Team als Sieger vom Feld ging. Außer Atem, verschlucktes Wasser ausspuckend, hustend und lachend tauchten wir wieder auf und schwammen paarweise in die gegenüberliegenden Ecken des Schwimmbeckens.

Als wir nun so, gemächlich im Wasser treibend, unsere Unterhaltung fortsetzten, bemerkte ich, wie Georg unter Wasser Ankes Bauch umfasste und seine Hände nach oben wandern ließ, bis er schließlich ihre Brüste umfasst hatte. Dies war auch Verena nicht entgangen, denn ich spürte, wie sie ihren Hintern sanft stoßend und kreisend gegen meinen Unterleib drückte. Auch ich legte meine Hände nun um Verenas Bauch, ließ sie aber langsam nach unten gleiten, bis ich ihr Dreieck erreichte. Unsere Unterhaltung erlahmte in diesem Moment ein wenig, denn es war der kritische Punkt erreicht, an dem es schwierig wurde, zu unserem mehr oder minder heimlichen Tun auch noch ein sinnvolles Gespräch zu führen. Plötzlich löste sich Anke von ihrem Freund, wandte sich zu ihm um und sprang ihm in die Arme, wobei sie mit ihren Beinen Georgs Unterleib fest umklammerte. Sie küssten sich erst, dann hob Georg seine Partnerin auf den Rand des Pools. Er drückte sich vom Wasser aus an sie, küsste sie um ihren Bauchnabel und wanderte mit Mund und Zunge weiter nach unten und zwischen ihre, mittlerweile leicht gespreizten Schenkel. Auch Verena war nicht untätig geblieben und war mit einer Hand hinter ihren Rücken zu meinem Glied gewandert, in welches indessen, gesteuert von

Hormonen und anderen inneren Körperfunktionen ein gewisser Teil meines Blutes gewandert war. Sie drehte sich ebenfalls zu mir hin und umklammerte mich auch mit ihren Beinen. Ich merkte, wie ich nach und nach in sie eindrang, wenn sie ihr Becken gegen mich drückte. Inzwischen hatte Georg von Anke abgelassen und ebenfalls das Schwimmbecken verlassen. Beide machten sie es sich nun auf einem Badetuch auf der Sonnenbank bequem und begannen, sich gegenseitig *soixante-neuf* zu befriedigen. Auch meine Liebste und ich stiegen jetzt aus dem Pool und ich zog sie in die heiße Sauna, ohne jedoch die Türe zu schließen. Dort legte ich mich auf die untere Bank. Verena setzte sich auf mich und führte mein hartes Geschlecht in ihre feuchte Vagina. Während sie stöhnend auf mir ritt, wandte ich den Kopf zur Seite und beobachtete durch die Saunatüre, wie Anke Georgs Penis mit ihrem Mund und der Zunge verwöhnte. Sie bemerkte mich, aber machte unverdrossen weiter, ohne mich aus den Augen zu lassen. Schließlich trennten sich die beiden voneinander und sie ging in die Knie, während Georg von hinten in sie eindrang. Anke sank auf ihre Ellenbogen und ihre Brüste schaukelten im Takt zu Georgs Stößen. Verena wurde jetzt schneller und schmatzend und klatschend stießen unsere schweißnassen Unterleiber in der schwülen Hitze des Schwitzbades gegeneinander. Dann setzte sie sich aufrecht hin und während ich ihre Brüste massierte, rieb sie sich mit den Fingern ihre Klitoris. Schließlich erreichte sie, den Kopf in den Nacken geworfen, mit durchgestrecktem Rücken und einem tiefen Seufzer der Lust ihren Höhepunkt. Auch ich kam einen kurzen Moment später in einem heftigen Orgasmus. Verena ließ sich auf mich fallen und beide lagen wir uns danach schweratmend und lachend in den Armen. Nach einer kurzen Zeit ließ sie sich von mir rollen und wir lagen Seite an Seite auf der schmalen Saunabank. Während ich sanft Verenas Brüste massierte und gleichzeitig ihren, nach Salz und Chlor schmeckenden Nacken küsste, was sie gurrend mit einem leichten Schauer und Gänsehaut trotz der Hitze zur Kenntnis nahm, beobachteten wir Anke, die nun, immer lauter werdend, Georgs feste Stöße in sich aufnahm. Dann, mit einem, kaum unterdrückten Schrei sank ihr Kopf auf die Sonnenbank. Scheinbar war auch unser Freund gekommen. Wir konnten ihn durch die Saunatüre erst nicht sehen, doch schließlich sank er neben Anke nieder. Wir musterten uns eine Zeitlang stumm, erschöpft und ein wenig verlegen lächelnd, dann rappelten sich die beiden auf und gesellten sich zu uns in die Sauna.

Sie hatten kaum auf der oberen Bank Platz genommen, als Georg beschloss, uns einen Aufguss zu genehmigen. Allerdings war der Holzkübel leer, also nahm er ihn und verließ noch einmal die Sauna, um frisches Wasser für den Aufguss zu holen und, wie er verkündete, eben noch schnell pinkeln zu gehen. Verena lag mit geschlossenen Augen bäuchlings auf der unteren Bank und Anke hatte sich oben in die Ecke des Raumes gedrückt. Als Georg gerade aus dem Raum war, nahm ich aus den Augenwinkeln wahr, wie sie langsam, mit geschlossenen Augen, ihren Kopf an die Wand gelehnt, die langen Beine spreizte. Langsam und als wäre sie allein im Raum, streichelte sie mit ihrer Rechten über ihre Brüste. Dann wanderte die Hand nach unten und sie kraulte sich über die dichten Schamhaare. Schließlich steckte sie einen Finger zwischen die Schamlippen und ließ ihn um ihre Klitoris kreisen. Da ich mir ein bisschen wie ein Spanner vorkam, stand ich leise auf und verließ die Sauna, um ebenfalls zur Toilette zu gehen. Am Ausgang traf ich Georg, der gerade mit dem gefüllten Eimer für den Aufguss zurückkam. Als ich gepinkelt hatte und zurückkam, bemerkte ich sofort, dass die Stimmung umgeschlagen war. Georg hockte grimmig in einer Ecke des Raumes und

Anke saß mit zusammengekniffenen und angewinkelten Beinen ihm gegenüber und vermied es, ihrem Freund in die Augen zu blicken. Und zwischen beiden befand sich, mit einem Gefühl des Unwohlseins auf ihrem Badetuch herumrutschend Verena, die mich mit Hilfe suchendem Blick ansah. Ich griff die Situation auf, brabbelte etwas von „...zu heiß und Durst" und verließ die Sauna wieder rückwärts, um nach nebenan in die Kellerbar zu gehen. Verena folgte mir einen Moment später und erzählte mir leise, welch bösen Blick Anke von Georg geerntet hatte, als er sie breitbeinig und masturbierend in der Sauna erwischte.

„Wahrscheinlich glaubt Georg jetzt, er kann Anke nicht richtig befriedigen, oder so und fühlt sich an seiner Ehre als Mann gepackt. Aber vielleicht musste sie ja tatsächlich nachbessern", meinte Verena süffisant, nahm einen Schluck aus ihrem Weinglas und setzte hinzu:

„Die beiden können sowieso wie Hund und Katze sein. Das gibt bestimmt noch einen Riesenkrach – so wie die sich angesehen haben. Schatz, ich sag dir, wenn Blicke töten könnten. Sag mal, stört es dich eigentlich, wenn ICH es mir selbst mache, um zu kommen?"

„Nein, kein Thema. Ich glaube, es macht mich sogar an, dir dabei zuzusehen."

„Warum machst du das eigentlich nie? Ich habe noch nie gesehen, wie du dir einen runterholst."

„Ähm, soll ich?", antwortete ich und gab ihr einen Kuss auf die Lippen.

„Ein andermal vielleicht. Ich komme darauf zurück." *(Ich schwöre dir, sie kam darauf zurück.)*

„Immerhin könnten wir ja nachher vielleicht auch noch ein bisschen nachbessern", schlug ich vor. Wir tranken lachend aus und verließen die Kellerbar, nicht ohne zu bemerken, dass Anke und Georg in der Sauna, immer lauter werdend, allmählich zu eskalieren begannen. In unserem Schlafzimmer angekommen, hatten Verena und ich tatsächlich noch einmal gemächlichen und absolut unspektakulären Kuschelsex *(bei dem ich – zugegebenermaßen – in erster Linie das Bild von Anke in der Sauna im Kopf hatte)* und schliefen bald darauf friedlich ein.

Irgendwann, tief in der Nacht, wachten wir vom Lärm nebenan auf. Ich sah auf die Uhr und nahm an, dass Anke und Georg in der Kellerbar noch weitergetrunken haben mussten und währenddessen in einen immer schlimmer werdenden Streit geraten waren. Nun beschimpften sie sich lautstark im Schlafzimmer nebenan gegenseitig. Irgendetwas fiel polternd zu Boden, etwas anderes krachte zersplitternd gegen die Wand. Dann knallte die Zimmertür und wir hörten, wie Georg unter unserem Fenster mit viel Lärm und Fluchen unsere Skier vom Dachträger montierte und auf den Boden warf. Einen Moment später startete er den Motor seines Autos. Er gab Vollgas und fuhr mit durchdrehenden Reifen vom Hof. Es dauerte nicht allzu lange, bis es leise an unserer Schlafzimmertüre klopfte und sie sich langsam öffnete. Es war Anke, die weinend, in eine Wolldecke eingewickelt, im Türrahmen stand und fragte, ob sie hereinkommen dürfe. Verena stand sofort auf, nahm sie in den Arm und führte sie zum Bett. Ich nickte Anke zu, entschuldigte mich und ging auf die Toilette. Als ich zurückkam, saßen die beiden Frauen, in Decken eingewickelt und im Schneidersitz auf unserem Bett. Unter Tränen klagte Anke meiner Partnerin ihr Leid und fand in ihr auch eine verständnisvolle Zuhörerin. Ich wollte nicht stören, also ging ich in die Kellerbar. Auch hier hatte der Streit seine Spuren hinterlassen, denn auf dem Boden lagen, in einer Weinlache, die Scherben eines Glases. Ich ignorierte die Bescherung und schenkte mir erst einmal ein Glas Wein aus der angebrochenen Flasche auf der

Theke ein. Im Bücherregel hatte ich einen schweren Bildband über die deutsche Filmkunst der zwanziger Jahre gefunden. Extra langsam blätterte ich mich, um die Zeit zu überbrücken, die Verena zum Trösten von Anke benötigte, geistesabwesend von Friedrich Wilhelm Murnaus *Nosferatu* über Fritz Langs *Metropolis* bis zum *Kabinett des Dr. Caligari* von Robert Wiene, während ich an meinem Wein nippte und eine, aus dem Humidor von Georgs Vater stibitzte, *Romeo y Julieta N°4* paffte. Als ich der Meinung war, dass hinreichend Zeit vergangen war und ich nun wieder ins Schlafzimmer zurückkehren könnte, trank ich die letzte Neige des Weines aus meinem Glas, drückte die Zigarre im Aschenbecher aus und begab mich wieder nach oben. Als ich ins Zimmer kam, fand ich die beiden Frauen tief schlafend im Bett. Verena lag, nur im Slip, auf der Seite, den Körper bis knapp unter die Hüfte zugedeckt. Fest an sie gelöffelt, schlief auch

Anke, und hielt mit der Rechten eine von Verenas runden Brüsten wie einen reifen Apfel umklammert. Ich legte mich still auf die andere Seite des Bettes, gab meiner Liebsten einen sanften Kuss auf die Wange, den sie schlaftrunken mit einem Brummen quittierte, drehte mich dann mit dem Rücken zu den beiden Schlummernden und löschte das Licht.

Etwa zwei Monate nach unserem gemeinsamen Skiurlaub feierten Verena und ich Hochzeit. Wir hatten auch Anke und Georg zur Trauung eingeladen. Die Beiden hatten sich, wie mir Verena erzählte, kurz nach ihrem heftigen Streit tränenreich und unter ewigen Liebesschwüren wieder versöhnt. Wir warteten, umgeben von unseren Freunden und einigen engen Verwandten vor dem Standesamt darauf, dass die Zeremonie begann. Ich ging, in der Hand ein Glas *Crémant* zum Mutmachen, von einem Grüppchen zum nächsten, um alle zu begrüßen. Dann wanderte ich hinüber zu Lukas, meinem besten Freund, Blutsbruder und jetzt auch Trauzeugen. Während wir über die bevorstehende Hochzeit plauderten und nebenbei auch noch ein wenig in alten Erinnerungen kramten, bemerkte ich, dass Anke den Flur betrat. Ich nickte grüßend zu ihr herüber und als sie meinen Gruß erwiderte, sah ich, dass ihre Augen rot und verheult waren. Schniefend segelte sie an mir vorbei und schloss sich der Gruppe um Verena an. Als wir später auf dem Standesamt saßen und auf den Beginn der Trauung warteten, fragte ich Verena leise, wo denn Georg abgeblieben sei.

„Psst, nachher. Ich erzähle dir alles, aber lass uns vorher noch schnell heiraten", antwortete meine Liebste flüsternd und drückte meine Hand, denn gerade öffnete sich die Seitentür und die Standesbeamtin betrat unter dem spontanen Beifall der Anwesenden den Raum. Ein großer Abreißkalender, der zwischen zwei, mit Preisetiketten versehenen Landschaftsgemälden eines regionalen Künstlers an der Wand hing, zeigte den 24. April. Das war der

Tag, an dem Verena meine Frau wurde. Und es war auch der Tag, an dem sich unsere Freunde Anke und Georg endgültig getrennt hatten.

Hermine

Wenn ich einen Termin in der anderen Stadt hatte, besuchte ich gelegentlich Hermine. Wollte ich sie treffen, schickte ich ihr zwei Tage zuvor eine Messenger-Nachricht, die lediglich aus einem Zwinkersmiley und einer Uhrzeitangabe bestand. Hatte Hermine Zeit oder Lust oder beides, bekam ich einen hochgestreckten Daumen zurück. War Hermine anderweitig beschäftigt, antwortete sie nicht. Kennengelernt hatte ich Hermine vor etwa zwei Jahren im Anschluss an eine Lesung. Der Buchladen war gut gefüllt und ich hatte viele Bücher zu signieren. Als das Geschäft schon beinahe leer war und die Buchhändlerin gähnend begann, Gläser und Flaschen wegzuräumen, trat Hermine an meinen Tisch. Sie war etwa 10 Jahre jünger als ich, vielleicht einen Meter sechzig klein, ungeschminkt, hatte glatte, zu einem Dutt gebundene Haare und eine Brille mit dicken Gläsern. Dazu trug sie eine graue Strickjacke mit perlmuttfarbenen Knöpfen und einen Faltenrock mit Schottenkaro. Sie griff wahllos eines meiner Bücher vom Stapel und hielt es mir hin.

„Was soll ich Ihnen reinschreiben?", fragte ich sie, den Stift zwischen Mittel- und Zeigefinger balancierend.

„Ach, egal. Irgendwas."

Also schrieb ich: *Irgendwas ist immer. Viel Vergnügen mit dem Buch* und darunter meinen Namen. Als Hermine die Signatur las, musste sie lachen.

„Stimmt. Irgendwas ist immer. Das ist lustig, aber eigentlich ist es das nicht, oder?"

„Wie man es nimmt", antwortete ich mit einem Blick auf meine Uhr. Ich wollte, dass Hermine ging, doch sie blieb einfach vor mir stehen.

Dann fragte sie mich: „Haben Sie weit zu fahren?"

„Nach Hause, meinen Sie? Nein. Ich habe hier ein Hotelzimmer. Gleich um die Ecke."

„Oh!"

„Wenn es Ihnen nichts ausmacht, würde ich jetzt gerne…"

„Darf ich Sie auf einen Kaffee einladen?", unterbrach Hermine mich. Dann sagte sie:

„Ich bin Hermine."

Zweifelnd betrachte ich sie, während ich die weitere Gestaltung des Abends abwägte. Ich konnte ins Hotel gehen, noch ein Getränk aus der Zimmerbar nehmen und früh schlafen oder ich konnte auch Hermines Einladung auf einen Kaffee annehmen. Schließlich sagte ich:

„Was soll's? Gehen wir zusammen einen Kaffee trinken."

Wir verließen den Buchladen, nachdem ich mit der Ladenbesitzerin abgerechnet hatte. Überrascht nahm ich wahr, dass Hermine sich bei mir unterhakte und mich zu einem Café einige Straßen weiter zog. Als wir beim Kaffee saßen, stellte sich schnell heraus, dass Hermine eine überaus intelligente, witzige und wortgewandte kleine Person war, die zudem über einen unglaublich trockenen Humor verfügte. Wir unterhielten uns über Gott, die Welt und alles Mögliche und Unmögliche dazwischen, dem Kaffee folgte ein Glas Wein und diesem noch ein weiteres. Als die Bedienung zum Abkassieren kam und darauf hinwies, dass man demnächst gerne zu schließen gedachte, bezahlte ich unter Hermines gespieltem Protest und wir verließen das Café. Gemeinsam gingen wir durch die nächtlichen Straßen grob in die Richtung meines Hotels. Plötzlich blieb Hermine vor einem Haus stehen und sagte:

„Hier wohne ich. Darf ich mich revanchieren und Sie noch auf einen Kaffee einladen?"

Ich zögerte, doch dann erklärte ich mich einverstanden. Hermine schloss die Haustüre auf und wir stiegen die Treppen hoch bis unter das Dach und zu ihrer Wohnung. Wir betraten ihre Behausung durch einen kleinen Flur. Geradeaus ging es ins Wohnzimmer. Die erste Tür rechts führte ins Badezimmer, die Türe daneben war verschlossen, musste aber zum Schlafraum gehören. Hinter dem Wohnzimmer befand sich eine kleine Küche. Ich setzte mich auf das Sofa, während Hermine in der Küche hantierte und sah mich im Zimmer um. Es gab einen Holztisch samt zweier Stühle. Auf dem Tisch lag ein zugeklapptes Notebook. Daneben ein Stapel Arbeiten in einer Mappe, auf der *Erdkunde* stand. Hermine war also Lehrerin. An zwei Wänden Regale mit Büchern und Schallplatten, gegenüber vom Sofa in der Dachschräge ein Fernseher und eine Stereoanlage mit Plattenspieler. An den Wänden hingen billige Drucke und angepinnte Fotos. Als der Kaffee durch die Maschine gelaufen war, kam Hermine, ein Tablett mit der Kanne, zwei bedruckten Reklamebechern des Deutschen Gewerkschaftsbundes, Zuckerstreuer und Milchkännchen balancierend, ins Wohnzimmer. Sie hatte inzwischen ihre Haare gelöst, die lang über die Schultern fielen. Sie schenkten uns ein und stießen mit den Kaffeebechern an. Ich fühlte mich von der fremden Umgebung ein wenig befangen, es war spät und eine ähnlich schwungvolle Unterhaltung, wie im Café, wollte nicht so recht zustande kommen. Deshalb sah ich nach einem Zeitraum, der mir als angemessen erschien, auf meine Uhr, rückte mich zurecht und sagte, dass ich jetzt aber wirklich…

„Ja, natürlich", antwortete Hermine. „Ist ja auch schon… Also dann."

Wir standen gleichzeitig vom Sofa auf, ich bedankte mich, reichte Hermine die Hand und ging durch den Flur zur Wohnungstüre. Im Rücken spürte ich, dass sie mir folgte und als ich die Türklinke berührte, sagte sie leise:

„Ich will mit dir ficken!"

Die Kälte des Metalls schoss wie ein elektrischer Schlag durch meine Hand. Ich zögerte. Was hatte Hermine da gerade gesagt? Wäre es eine Frage gewesen, etwa „Willst du heute Nacht hierbleiben?" oder aber „Wollen wir miteinander schlafen?", hätte ich mich vielleicht geehrt gefühlt, doch dankend abgelehnt. Wahrscheinlich hätte ich es zwar spätestens im Hotel bereut, wäre aber gleichzeitig der Überzeugung gewesen, dass es so besser ist. Stattdessen kam Hermine, ohne erst lange zu fackeln oder es mit zweideutigen Andeutungen zu versuchen, direkt auf den Punkt. Verwirrt hielt ich die Türklinke umklammert und spürte, wie sie in meiner Hand langsam warm wurde. Ich kam mir vor, als wäre ich gelähmt und aus Sekunden wurde eine Vorstellung von Ewigkeit. Nun wiederholte Hermine in resolutem Ton, kleine, wohlkalkulierte Abstände zwischen den einzelnen Worten einhaltend:

„Ich Will Mit Dir Ficken!"

Ich ließ die Türklinke los und drehte mich um. Wir sahen uns einen Moment lang in die Augen, dann stürzte sie sich mit Anlauf auf mich, sprang an mir hoch und umschlang mich mit ihren Beinen. Ich hielt Hermines Hinterbacken umklammert und bemerkte, wie leicht sie war. Wir küssten uns und ich trug sie bis zur Schlafzimmertüre. Dort setzte ich sie ab. Sie öffnete die Tür und wir schoben uns, während wir uns gegenseitig auszogen und die Kleidungsstücke einfach auf dem Boden verteilten, in Richtung ihres Bettes. Hermine war beweglich wie eine Schlange und hatte, trotz ihrer Zierlichkeit, einen verblüffend festen Griff. Zuerst berührte ich sie sehr behutsam, denn ich hatte Angst, etwas an ihr zu zerbrechen, doch sie wollte hart angefasst werden, also ließ ich

alle Vorsicht fallen und wir stürzten, wild bal-
gend auf ihr Bett. Auf eine Weise, die sich mir
in diesem Augenblick noch nicht erschloss,
war das Bett mit einer Art Regalbrett verbun-
den, auf dem sich eine Armee von Mainzelmännchen befand. Auf den zweiten Blick erkannte ich, dass es sich dabei immer um ein
und dieselbe Figur handelte. Es war Det, der
bebrillte Klugscheißer und Chef der Trickfilm-
gestalten. Wir fackelten nicht lange, denn nach
kurzer Zeit warf sich Hermine auf den Rücken
und zog mich auf sich. Zuvor griff sie noch
schnell unter das Bett und kramte eine Porzel-
landose hervor. Sie öffnete das Gefäß und
nahm eine Kondomverpackung aus ihr. Dann
riss sie die Verpackung mit den Zähnen auf
und stülpte mir das Kondom über. Ich kann
mich beim besten Willen nicht mehr an alle Details erinnern, doch wir hatten herrlich wilden
Sex, in dessen weiterem Verlauf nach und nach
die Mainzelmännchen vom Regalbrett auf uns
herabregneten. Ich habe in meinem bisherigen

Leben allerlei sexuelle Erfahrungen machen dürfen und dabei das ganze Spektrum von unfassbar erbärmlich bis ausgezeichnet mit drei Sternchen erlebt, doch wenn es etwas gab, das den Begriff *Ficken* am ehesten verdiente, waren es die Ereignisse dieser Nacht mit Hermine. Nach langer Zeit ließen wir schließlich erschöpft und schweißnass voneinander ab und schliefen bald darauf eng umschlungen ein. Am folgenden Morgen erzählte ich Hermine, dass ich gelegentlich Termine in ihrer Stadt hätte und, ehe wir uns trennten, vereinbarten wir ein Signal, wenn wir uns treffen wollten.

Ich war wieder in der Stadt. Zwei Tage zuvor hatte ich Hermine das verabredete Zeichen gesendet. Bei der Uhrzeit gab ich mir 45 Minuten Puffer, denn ich wusste nicht, ob mein Termin pünktlich beendet sein würde. Eine halbe Stunde später fand ich auf meinem Handy die Antwort. Der erhobene Daumen signalisierte, dass Hermine mich sehen wollte. Nach einer langatmigen Besprechung über verschiedene Details zum neuen Buch ging ich mit meiner Lektorin in ein Restaurant, in dem wir den Mittagstisch nahmen. Danach gab es noch einige weitere Dinge zu bereden, doch ich war nur halb bei der Sache, denn ich dachte an Hermine, aber der Termin endete pünktlich. Ich schlenderte eine Weile durch die Straßen, trank einen Kaffee und stand schließlich 5 Minuten vor der vereinbarten Zeit vor Hermines Haus. Vor der Haustüre zählte ich langsam von hundert auf null, dann drückte ich den Klingelknopf. Kaum eine Sekunde später ertönte das Summen des Türöffners. Hermine musste schon an ihrer Wohnungstür gewartet haben. Vielleicht hatte sie ja ebenfalls bis hundert gezählt. Als ich oben war, wurde ich mit einer stürmischen Umarmung begrüßt, der sogleich eine Entschuldigung folgte:

„Tut mir so leid, ich habe in einer Stunde noch einen Termin in der Schule. Hatte ich vollkommen vergessen. Ich muss gleich unter die

Dusche. Komm' doch einfach mit, ich muss mich aber beeilen."

„Ist doch kein Problem. So kann ich einen Zug früher nehmen", gab ich zur Antwort. Ich hatte zwar nicht damit gerechnet, heute schnellen Sex unter der Dusche zu haben, allerdings hatte ich auch nichts dagegen einzuwenden. Hermine drehte sich um und ließ auf dem Weg ihren Bademantel auf den Boden des Flurs fallen. Ich folgte ihr ins Badezimmer. Dort angekommen zog ich mich schnell aus und wir stiegen in die Wanne. Dabei bemerkte ich den Delphin. Er war aus transparent violettem Silikon, in dem sich glitzernde Flitter zu bewegen schienen und. Statt des Schwanzes verfügte das, anmutig gebogene Wesen über einen Saugnapf, mit dem er an der glatten Oberfläche der Badewanne klebte. Da ich den Delphin zuvor nie gesehen hatte, nahm ich an, dass er neu war. Hermine steckte die Brause in ihre Halterung, schob sie nach oben und drehte dann an den Wasserhähnen, bis die Temperatur stimmte.

Danach setzte sie sich in der hinteren Ecke der Wanne auf den Rand. Sie griff nach unten nahm sich den Delphin, der sich mit einem deutlichen Ploppen vom Email der Badewanne löste. Während Hermine mich unverwandt ansah und ich sie ebenfalls, öffnete sie eine Flasche irgendeines Öls, die auf der Ablage stand. Hermine schüttete reichlich davon über den Delphin und strich ihn mit dem Öl ein. Sie spreizte ihre Beine und stellte dabei einen Fuß auf den Wannenrand. Ich sah Hermine schweigend vom anderen Ende der Badewanne dabei zu, wie sie die Flüssigkeit in ihre Scheide einmassierte. Dann ließ sie zwei Finger weitergleiten und schob sie nach und nach vorsichtig immer tiefer in ihren Po. Vom Zusehen erregt, bewegte ich mich ein wenig auf Hermine zu. Sie nahm die Hand aus ihrem Schritt und begann, nun auch mein Glied, das schon steif von meinem Körper abstand, zu massieren. Aus dem Nichts zauberte sie ein Kondom hervor und stülpte es vorsichtig darüber. Gleichzeitig führte sie den Delphin nach unten und stieß ihn tief in ihr glänzend blankrasiertes Inneres und sagte:

„Ich will jetzt ganz ausgefüllt sein."

Hermine stand auf und drehte sich mit dem Rücken zu mir. Wieder setzte sie einen Fuß auf den Rand der Wanne. Sie nahm eine Hand nach hinten und zog eine Pobacke weg, während sie sich, immer lauter stöhnend, weiterhin in stoßenden und drehenden Bewegungen mit dem Delphin befriedigte. Ich ging leicht in die Knie, denn Hermine war ja viel kleiner als ich, und drang in ihren Hintern ein. Ihr entfuhr, eine Wange gegen die Fliesen der Wand gepresst, ein Schrei und ein „Oh, was für eine Scheiße…". Zugleich stieß sie den Delphin immer heftiger in ihre Scheide. Ich war inzwischen weit in ihrem Po und schob mein Becken schneller werdend vor und zurück, bis ich am Ende in ihr kam. Im nächsten Moment presste sie den Ringmuskel ihres Hinterns zusammen und presste mich aus sich heraus. Dann riss

Hermine mit einem heulenden Schrei den Delphin aus ihrer Grotte, ließ ihn fallen, ergoss einen plätschernden Schwall Flüssigkeit auf den Wannenboden und sank schluchzend in sich zusammen. Ich beugte mich zu Hermine herab, richtete sie wieder auf und nahm sie fest in meine Arme. Mit Tränen in den Augen und immer noch keuchend und gleichzeitig schniefend, drückte sie sich an mich und sagte:

„Ach du Schande, was war das denn? Lass uns das bitte nie wieder machen. Jetzt weiß ich, wie das ist."

„Stimmt", antwortete ich, während ich über Hermines nasse Haare streichelte. „Es war ein, ähm, sagen wir mal, eindrückliches Erlebnis. Und manchmal frage ich mich ernsthaft, ob du wirklich eine Frau oder nicht doch eher eine Art Naturgewalt bist. Aber du hast recht. Das sollten wir vielleicht nicht unbedingt wiederholen. Jedenfalls nicht gleich."

„Denkst du, ich bin verrückt? Manchmal komme ich mir so vor. Ehrlich, bin ich verrückt?"

„Naja, ganz so würde ich es nicht nennen. Schon ein bisschen verrückt vielleicht, aber nicht im Sinne von geistesgestört, falls du das meinst. Ich denke, lebendig trifft es wohl eher."

Endlich konnte Hermine wieder lachen. Wir küssten uns und ich bemerkte, wie sie langsam zappelig wurde. Ihr Termin in der Schule rückte näher, also duschten wir schnell und zogen uns wieder an. Eine Viertelstunde später saßen wir gemeinsam, Hand in Hand, in der Straßenbahn, denn der Bahnhof lag einige Stationen vor ihrer Schule. Kurz bevor wir am Bahnhof ankamen, stieß Hermine mich lachend und auf ihrer Seite der Bank hin- und herrutschend mit dem Ellbogen an:

„Ich weiß noch gar nicht, wie ich nachher sitzen soll. Mein lieber Mann, diesmal haben wir es wirklich übertrieben…"

Mit einem Augenzwinkern nickte ich Hermine zu, küsste sie zum Abschied sanft auf die Augen, auf die Stirn und zum Schluss auf ihren Mund und verließ schweigend die Straßenbahn.

Open Air

In meiner süddeutschen Heimat gibt es knapp unter der Erdoberfläche jede Menge hochwertigen Kies, der einst von den Gletscherausläufern der letzten Eiszeit hier abgelagert wurde und sich zum Beispiel hervorragend für den Straßenbau eignet. Deshalb zerfurchten die Kiesbarone einst, als man jenen Rohstoff noch mit gediegenem Edelmetall aufwog, die Landschaft an allerlei Stellen mit ihren saurierhaften Baggern, um den wertvollen

Bodenschatz zu fördern. Im Laufe der Zeit jedoch füllten sich die aufgelassenen Kiesgruben, aus denen nichts mehr zu holen war, mit Grundwasser und verwandelten sich zu Seen. Allmählich kehrte die Vegetation zurück, Wasservögel und auch Kiemenatmer siedelten sich an und manche der künstlich entstandenen Gewässer wurden von der einheimischen Bevölkerung als beliebte und mehr oder weniger gut erschlossene Badegelegenheiten geschätzt. Einer dieser Seen, vielleicht der Schönste von allen, lag wildromantisch in einem Auenwald verborgen und besaß in seiner Mitte eine kreisrunde Insel, die mit alten und knorrigen Bäumen bewachsen war. Ein breiter Schilfgürtel säumte die Ufer des Baggersees und neben einer größeren Wiese mit einem flachen Kieselstrand gab es nur wenige versteckte Stellen, an denen man ins Wasser gelangen konnte. Dieser See war aber auch gleichzeitig der Verruchteste von allen, worauf ich gleich näher eingehen werde. Während der Siebziger und zu Beginn der achtziger Jahre fand zudem alljährlich auf jenem idyllischen Wiesenstreifen in Uferlage ein dreitägiges Open-Air-Konzert statt.

Achso, warum ich „verrucht" schreibe? Das ist schnell erklärt: Dieser See war damals noch ein wilder Badesee und verfügte weder über Duschen, geschweige denn einen Kiosk. Es gab keinen Parkplatz, wie in den meisten anderen Anlagen, und die Badegäste mussten einen längeren Fußmarsch durch den Wald auf sich nehmen. Der See wurde von den „anständigen" Leuten *(zum Beispiel unseren Eltern)*, falls sie überhaupt davon wussten, tunlichst gemieden, denn dort tummelten sich ihrer Meinung nach verlotterte Gammler und andere zwielichtige Elemente, die erstens vollkommen nackt badeten, zwotens illegal Dope spritzten *(sic!)* und drittens wild kampierten, was ja auch in etwa der Wahrheit entsprach. Dies machte jenen Pfuhl der Sünde und Verworfenheit für uns Jugendliche der Endsiebziger natürlich zu einem spannenden und interessanten Ort, der eine geradezu magische Anziehungskraft auf uns ausübte und aus diesem Grund fand auch, sobald es das Wetter und die Wasser-temperaturen zuließen, jede Klassenfete *(und derer gab es viele)* an eben diesem Baggersee statt. Damals wurden unsere Jeans gerade enger und zerrissener, die Haare stacheliger und bunter, wir pappten stolz gelbe *„Atomkraft? Nein danke"*-Aufkleber auf unsere Schultaschen und erhielten dafür in der Schule Verweise. Die Musik wurde trashiger, kam auf Musikkassetten und Schallplatten aus England auf den Kontinent geschwappt und nannte sich jetzt Punkrock oder New Wave. Kurzum, alles war neu und unsere Rebellion änderte ihre Gestalt. Und der Kick, dass man in seinem Schlafsack *(den man sich auf so einer Fete üblicherweise zwecks einvernehmlichen Rumfummelns mit dem heißen Mädchen aus der Nachbarklasse teilte)*, nachts unter Garantie nicht ruhig schlafen konnte, war eine Übernachtung am Baggersee allemal wert. Der

Grund dafür war, dass die Bullen während ihrer nächtlichen Streifenfahrten zuverlässig zu jeder vollen Stunde einen Abstecher auf die Uferwiese machten, um die Ausweispapiere der Anwesenden zu kontrollieren und das gestaltete eine Übernachtung an diesem speziellen Ort zu einem einzigartigen, wenn auch ermüdenden Erlebnis, dessen Hauch des Verbotenen man nicht verpasst haben durfte, es sei denn, man wollte vor den anderen aus der Klasse als Streber oder Weichei dastehen. Die ersten zwei oder drei Stunden turnten wir noch aufgeregt im Lichtkegel der Diensttaschenlampen aus unseren Penntüten, klopften panisch unsere Taschen nach dem Ausweis ab und standen kleinlaut und mit Unschuldsmiene vor den Beamten stramm. Doch im Laufe der Nacht wurden wir immer entspannter und hielten schließlich nur noch unsere kleinen grauen Personalausweise oder großen grünen Reisepässe in die Luft und ließen uns kurz von den Polypen ins Gesicht leuchten, ehe sie, ebenso unausgeschlafen und brummig wie wir, wieder vom Tatort abzogen. Gegen sechs Uhr morgens hörten die Kontrollen schließlich auf und wenn man schon halbwegs wach und bei Sinnen war, konnte man aus den verschwollenen Augenwinkeln die Frühaufsteher beobachten, die steif und verkatert mit grauen Gesichtern und verstrubbelten Haaren um das erloschene Lagerfeuer tigerten – immer auf der Suche nach dem klassischen Baggerseefetenfrühstück: Einer lauwarm gewordenen Cola, die schon längst ihre gesamte Kohlensäure in die Atmosphäre entlassen hatte oder einer angebrochenen Kartoffelchipstüte, deren Inhalt vom morgendlichen Tau matschig geworden war.

In jenen Tagen hingen wir hin und wieder in einer ziemlich abgefahrenen Dorfkneipe herum, deren Gastwirt bei der Allgemeinheit nur unter dem Namen „Der Deadman" bekannt war. Der Deadman war selbst für damalige Zeiten durch und durch ein Freak und verdankte seinen makabren Namen nicht allein seiner Statur, denn er war hochgewachsen, klapperdürr und sah aus, als bestünde er nur aus Haut und Knochen, sondern auch seiner Karre, einem gewaltigen schwarzen Ford Taunus Kombi, der in seinen besseren Jahren einem Bestattungsunternehmen als Leichenwagen diente und den der Deadman irgendwann günstig erstanden und hergerichtet hatte.

Der Deadman sprach mich und meinen besten Kumpel Schneppke eines Abends an, als wir rauchend und Bier trinkend in seiner Kneipe saßen, denn er suchte einige Helfer für seinen Brathähnchenstand beim Open-Air-Konzert am Baggersee. Er winkte uns mit freiem Eintritt und Brathähnchen so viel wir essen könnten. Ein paar Mark Entlohnung sollte es, entsprechenden Umsatz vorausgesetzt, auch noch obendrauf geben. Essen,

Kohle, einen Gratisstempel auf die Pfote – was wollten wir mehr? Das war definitiv unser Glückstag, also zögerten wir keine Sekunde und sagten dem Deadman kurzentschlossen zu.

Es vergingen noch einige Wochen, doch schließlich war irgendwann das Open-Air-Wochenende da. Schneppke und ich radelten an diesem sonnigen Freitagnachmittag, den Schlafsack und die Isomatte auf dem Gepäckträger verzurrt, raus zum Baggersee. Als wir auf das Gelände kamen, sahen wir schon von Weitem *(Oh-hoho und ne Buddel voll Rum)* Deadmans alten Leichenwagen sowie seinen Besitzer und dessen aktuelle Freundin Mausi, die lässig plaudernd an der meterlangen Kühlerhaube des Gefährts lehnten und auf uns warteten.

Um den Aufbau des Standes samt Grill und Theke *(natürlich ein verwegen wackliges Kon-*

strukt aus zusammengestellten Biertischen, notdürftig mit Kieselsteinen stabilisiert. War ja irgendwie klar!) etwas aufzulockern, ließ der Deadman erst einmal einen monsterfetten Joint kreisen. An die eigentlichen Aufbauarbeiten vermag ich mich aus pharmazeutischen Gründen nicht mehr genau zu erinnern, aber irgendwann stand das ganze Geraffel, das der Deadman in seinem Leichenwagen angekarrt hatte, auf seinem Platz. Der Grill war an einen knatternden, vollgetankten Dieselgenerator angeschlossen, einige Kästen Bier standen zur zügigen Löschung des schlimmsten Durstes bereit und die ersten 30 Hähnchen drehten sich am Spieß, während sich der Platz vor der Bühne nach und nach mit Konzertbesuchern füllte und die letzte Konserve, ein Song über einen Typen namens Roter Hugo, der tot im Seil hing, schließlich vom gleichmäßig wummernden Sound der Basstrommel abgelöst wurde, als die erste Band des Abends mit dem Soundcheck startete.

Wir machten mit unserem Hähnchengrill einen Mordsreibach und kamen kaum hinterher, schweißgebadet gebratene Gockel in zwei Hälften zu zerhacken, samt einem Brötchen auf Pappschalen zu klatschen, abzukassieren und neue Hähnchen auf die Spieße zu stecken. Das Wetter war herrlich, es waren jede Menge Besucher da, auf der Bühne gaben sich die Bands alle Mühe und unsere Kasse wurde immer voller.

Doch dann, ich schätze, es war gegen zehn Uhr abends, lief die ganze Sache ziemlich übel aus dem Ruder. Das Unheil begann damit, dass der Grill den Geist aufgab. Plötzlich drehten sich die Spieße nicht mehr und die Glühschlangen des Gerätes wurden dunkel.

„Heilige Scheiße", knurrte der Deadman und taxierte mit glasigem Blick den Grill. Dann nahm er einen tiefen Schluck Bier aus der nächsten Flasche, die herumstand und machte sich an dem Gerät zu schaffen. Er war zu diesem Zeitpunkt nicht nur komplett stoned, sondern hatte auch schon jede Menge Umdrehungen intus und damit eine mörderische Schlagseite. Hektisch fummelte er an Reglern des Grills, doch das Ding mitsamt den aufgespießten und halbgaren Gockeln, die nun langsam abkühlten, machte keinen Mucks mehr. Der Deadman torkelte eiernd zu seinem Taunus, dessen Heckklappe offenstand und wuchtete fluchend einen rostigen Werkzeugkasten aus der Dschunke.

Dann machte er sich, lustlos maulend, am Grill zu schaffen, während sich eine Traube Schaulustiger vor der Theke versammelte und das Spektakel ausgelassen und fachkundig kommentierte. Mit einer Taschenlampe zwischen den Zähnen schraubte der Deadman die blecherne Seitenverkleidung des Geräts ab, die krachend herunterfiel. Dann begann er, mit dem Schraubenzieher in der Elektrik herumzustochern. Blöderweise hatte der Deadman vergessen, den Generator, der munter hinter dem Grill vor sich hinknatterte, vorher abzuschalten. Das Ergebnis war, dass er so dermaßen eine geschossen bekam, dass er mitsamt dem Schraubenzieher, den er immer noch fest umklammert hielt, zwei Meter nach hinten geschleudert wurde und am Ende seiner Flugkurve wie eine Bleiente aufschlug. Dabei knallte der Deadman mit dem Hinterkopf hart ins Gras, spuckte unmittelbar nach dem Aufprall seine Zahnprothese, die er im Oberkiefer trug, hustend aus dem Mund und blieb schließlich regungslos liegen.

Deadmans Freundin, die schon seine Reparaturaktion mit zweifelnden Blicken beobachtet hatte, schlug nun laut kreischend die Hände vors Gesicht, stürzte sich daraufhin schreiend zu ihrem Liebsten und schüttelte ihn. Dieser öffnete die Augen und versuchte, benommen

und leicht neben der Kappe, sich wieder aufzu-
rappeln. Er tastete nach seiner Prothese, die neben ihm auf der Erde lag und schob sie sich, so
wie sie war, zurück in den Mund. Dann erkannte er Mausi und begann, sie hysterisch an-
zuschreien:

„Du blöde Schnalle. Der Scheißhähnchen-
stand war doch deine verfickte Drecksidee.
Warum hör ich nur auf so eine bescheuerte
Kuh wie dich? Verpiss dich bloß."

„Aber Schatz...", setzte Mausi protestierend
an und bekam von ihm, ehe sie auch nur noch
ein Wort weiterreden konnte, so gewaltig eine
eingeschenkt, dass sie sich mit offenem Mund
und einem Blick, der zwischen Überraschung
und Entsetzen schwankte, taumelnd einmal
um die eigene Achse drehte und dann schwer
zu Boden ging.

„Ich könnt mich alle miteinander kreuz-
weise am Arsch lecken. Ich habe die Schnauze
gestrichen voll von dem ganzen Scheißdreck

hier", plärrte der Deadman und kramte in den Taschen seiner Jeans nach dem Autoschlüssel. Aber der war verschwunden. Jetzt drehte der Deadman so richtig durch und stieß einen wütenden Schrei aus, als ihm klar wurde, dass er den Schlüssel verloren hatte. Er versetzte der Fahrertür des Taunus einige heftige Tritte, drehte sich dann unvermittelt um und verschwand unter dem frenetischen Beifall des begeistert johlenden Publikums wankend in der Dunkelheit.

Während ich noch fassungslos dem Deadman hinterherblickte, wie er sich mit unsicheren Schritten samt seiner kapitalen Scheißlaune vom Acker machte, kniete Schneppke bereits neben der Freundin des Deadman, die heulend und mit verlaufender Schminke um die Augen im zertrampelten Gras hockte und schniefend, ihren Rotz hochziehend schluchzte, dass sie genug habe und überhaupt auf der Stelle nach Hause wolle. Schneppke half ihr auf die Beine und ging mit ihr zu seinem Fahrrad, dass hinter dem kaputten Grill in der Botanik lehnte. Ehe ich etwas sagen konnte, hatte er seinen Schlafsack abgeschnallt und weggeschmissen, Mausi auf den Gepäckträger gepflanzt und zog nun mit ihr ebenfalls ab.

Da stand ich jetzt also: Allein mit einem kaputten Grill, dem Leichenwagen des Deadman, zu dem der Zündschlüssel spurlos verschwunden war und etlichen hundert Mark in der Kasse. Ok, was jetzt? Zuerst sagte ich den Leuten, die immer noch vor dem Stand herumlungerten, dass die Show vorbei und der Laden, sorry, tut mir jetzt arg leid, für heute dicht wäre. Ich bekam dafür von ihnen spärlichen Applaus, aber noch mehr Pfiffe, ehe sie kapierten, dass es nichts mehr zu sehen gab und endlich abhauten. Als Nächstes griff ich nach der Geldkassette, die aufgeklappt auf der Theke stand und kippte ihren Inhalt, bevor er Beine bekam, klappernd in meine Umhängetasche zu

meinen Kippen, einem achtlos zusammenge-
knüllten Ersatz T-Shirt und meinem Handtuch.
Danach zog ich den Stecker vom Grill, dessen
Elektrik nach den gründlich missglückten An-
strengungen des Deadman, ihn wieder zum
Laufen zu bringen, bedenklich knisterte und
den verschmorten Geruch eines Kabelbrandes
zu verbreiten begann und schaltete schließlich
den Generator ab.

Auf den Schreck machte ich mir erstmal ein
Bier auf. Was sollte ich tun? Ebenfalls abhauen
wollte ich nicht, aber ich hatte auch keine Lust,
den ganzen Abend sinnlos am Stand herumzu-
hängen. Ob der Deadman so schnell oder überhaupt noch zurückkommen würde, stand in
den Sternen. Ich glaubte ja eher nicht daran,
dass ich ihn an diesem Abend noch einmal zu
sehen bekäme. Also räumte ich die Sauerei um
den Hähnchenstand oberflächlich auf, schaffte
die Bierkisten, in der Hoffnung, dass sie niemand entdecken würde, ins Gebüsch und

machte mich dann auf den Weg nach vorne zur Bühne, um noch ein wenig Spaß zu haben. Gegen Mitternacht spielte die letzte Band des Abends ihre finale Zugabe, die Konzertbesucher gingen für heute nach Hause und diejenigen, die blieben, suchten sich auf dem Platz und im angrenzenden Wald ein Fleckchen, wo sie ihren Schlafsack ausrollen und einigermaßen unbehelligt schlafen oder andere Dinge tun konnten. Wie dem auch sei: Der Platz leerte sich langsam und Ruhe kehrte ein. Ich schlurfte gemächlich zurück zum Brathähnchenstand. Natürlich war niemand von den anderen aufgetaucht. Der Deadman nicht und Mausi, seine wahrscheinlich brandneue Exfreundin samt Schneppke sowieso nicht. Blödes Pack, war ja klar. Ich schnallte den Schlafsack und die Isomatte vom Gepäckträger meines Fahrrads und wollte mir gerade einen ruhigen Platz zum Pennen suchen, als mir jemand von hinten auf die Schulter tippte. Es war Claudia, ein ziemlich heißer Feger aus der Parallelklasse.

(Ich muss an dieser Stelle zu meiner Schande eingestehen, dass meine Schulkameradin natürlich nicht wirklich Claudia hieß. Aber da mich mein Namensgedächtnis gerade an dieser Stelle im Stich lässt und ich ihren richtigen Namen, man möge es mir verzeihen, nach so langer Zeit vergessen habe, nenne ich sie hiermit einfach Claudia – auch weil der Name irgendwie zu der Zeit passt, in der die Geschichte spielt und es damals an meiner Schule und im Freundeskreis Claudias wie Sand am Meer gab.)

Claudia also machte auf den ersten Blick einen ganz schön bekifften Eindruck, was in diesen Jahren mit einiger Sicherheit auf unseren recht sorglosen Umgang mit diversen Betäubungsmitteln zurückzuführen war und mich deshalb nicht weiter verwunderte. Wie immer trug sie zu viel schwarzen Lidschatten und Kajal um ihre Augen, war aber damit zweifellos auf der Höhe der Zeit, was das Make-Up anging. Claudia hatte ihre hellblonden, welligen Haare, an deren Spitzen noch die Überreste der letzten Tönung mit Henna auszumachen waren, hinten mit einem Gummiring zu einem spärlichen Pferdeschwanz zusammengebunden.

Bekleidet war Claudia mit engen Jeans, die an den Knien und am Hintern zerrissen und überdies mit verwaschenen Filzstiftmalereien verziert waren, die von öden, nicht enden wollenden, gemeinsam mit Bahnwärter Thiel oder an Bord des Schiffes Esperanza verbrachten Unterrichtsstunden zeugten. Dazu hatte Claudia ein schwarzes, ärmelloses T-Shirt an, dass an den Schultern und am Hals waghalsig weit ausgeschnitten war und dem Betrachter fantastische Einblicke auf bestimmte Partien ihrer Anatomie verhieß. Vervollständigt wurde ihr Outfit durch das, damals übliche, Sommerschuhwerk – nämlich Espadrilles, die umso cooler daherkamen, je versiffter und fadenscheiniger ihr Zustand war und die dem Be-

trachter *(vor allen Dingen den entgeisterten Eltern: Kind, jetzt zieh doch mal was Ordentliches an)*
den Eindruck vermittelten mussten, sie wären
an den sonnengebräunten Füßen ihrer Besitzer
per Interrail quer durch ganz Europa gereist.
Claudia kam, nachdem wir uns *(Küsschen links,
Küsschen rechts und natürlich noch ein Küsschen
links)* begrüßt hatten, auch gleich fröhlich plap-
pernd zur Sache:

„Weißt du was? Ich habe ein Bett."

„Ok, ich auch. Aber nicht hier."

„Meins ist hier, ohne Scheiß jetzt."

„Öhm...! Ehrlich?"

„Glaubst du, ich will dich verarschen?"

„Äh...!"

„Du kannst bei mir im Bett schlafen, wenn
du willst", sagte sie und nickte mir mit einem
aufmunternden Zwinkern zu.

Verdammt, dieses Bett wollte ich sehen. Ich
bat Claudia, kurz zu warten und wuchtete einen Kasten Bier, der noch beinahe halbvoll

war, sozusagen als Gastgeschenk, aus dem Gebüsch. Dann griff sie nach meinem Schlafsack, nahm mich bei der Hand und zog mich über die Wiese hinunter zum Ufer. Ich traute meinen Augen nicht. Da stand, etwas schief und mit zwei Beinen half im Schilf und halb im Wasser, tatsächlich ein großes, altmodisches Eisenbett mit einer stockfleckig gestreiften, nicht bezogenen Matratze der Sorte Knutschpartykeller, auf der ein paar Figuren herumlümmelten und sich zu diesem Zeitpunkt noch Hoffnungen auf einen halbwegs vernünftigen Schlafplatz machten.

(In diesem Zusammenhang darf nicht unerwähnt bleiben, dass irgendjemand das Bett nach dem Open-Air ein Stück weit in den Wald gezerrt hatte, wo man es noch Jahre später besichtigen konnte.)

„Verzieht euch von meinem Bett, aber ein bisschen plötzlich", herrschte Claudia die Typen resolut an. Die lachten jedoch nur hämisch und fläzten sich noch breiter hin. Ich angelte seufzend ein paar Flaschen Bier aus meiner Kiste und überließ sie ihnen unter der Bedingung, dass sie sich dafür sofort aus dem Staub machen sollten. Das funktionierte besser, denn nach einigem Hin und Her zogen die Gestalten mit meinem Bier ab und das Bett gehörte uns.

„Sag mal, wie hast du das Ding bloß hierher bekommen?", fragte ich Claudia, auf die abgeranzte Matratze klopfend und sie antwortete lachend, während sie im Schneidersitz auf dem Bett saß und, einen zerknitterten Beutel Schwarzer Krauser vor sich liegend, eine Zigarette drehte:

„Nur so eine bescheuerte Schnapsidee von ein paar Freunden. Die sind aber schon irgendwie davon. Keine Ahnung."

Sie leckte mit der Zunge die Gummierung des Papers an, rollte die Zigarette fertig, knipste mit ihren abgekauten Fingernägeln den überstehenden Tabak an den Zigarettenenden ab und verstaute ihn zusammen mit dem

Heftchen *Gizeh Special* zurück in den Tabaksbeutel. Dann fegte sie mit einer nachlässigen
Handbewegung ein paar heruntergefallene Ta-
bakkrümel von der Matratze und fuhr fort:

„Wir haben das Bett ganz für uns. Ey, ist
doch besser, als auf dem Boden rumzuliegen,
oder? Hast du mal Feuer?"

Wir lagen bereits eine ganze Weile in meinen halboffenen Schlafsack gemütlich aneinander gekuschelt auf dem Bett, rauchten Zigaretten, nuckelten genüsslich an unserem Bier, ig-
norierten die anzüglichen Sprüche der Neugie-
rigen, die auf ihrer nächtlichen Suche nach
dem Anderswo vorbeigeschlurcht kamen,
blickten auf zu den Sternen und unterhielten
uns über irgendetwas, als es plötzlich in der
Ferne zu blitzen und donnern begann. Ein böi-
ger Wind zog als Vorbote des, sich rasch nä-
hernden, Gewitters auf und schon bald
klatschten die ersten schweren Regentropfen
kühl in unsere Gesichter. Im nächsten Moment

prasselte unvermittelt ein sintflutartiger Platz-
regen auf die Erde. Alle Leute, die rund um uns
herum zu pennen versuchten, sprangen panisch auf und verzupften sich schutzsuchend
vom Seeufer weg.

Auch wir schnappten in aller Eile unsere
Habseligkeiten und überließen das Bett den
entfesselten Naturgewalten, denn keiner von
uns hatte Lust, auf dem wuchtigen Eisengestell
gegrillt zu werden, falls der Blitz hineinfuhr.
Auf unserer Flucht vor dem Wolkenbruch
rannten wir durch Pfützen patschend und lauthals lachend über den immer schlammiger
werdenden Platz. Schließlich erreichten wir
nach einem kurzen Sprint, bis auf die Haut
durchnässt, den verwaisten Hähnchenstand,
der, ebenso wie die ganze Wiese und das
Chaos und Durcheinander, das sich darauf ab-
spielte, in rascher Folge von den zuckenden
Entladungen des Gewitters grell erleuchtet
wurde. Ohne lange nachzudenken, bugsierte

ich Claudia, deren verlaufendes schwarzes Make-Up einen sensationellen Kontrast zu ihren, vom Regen strähnig gewordenen Naturlocken abgab, zu Deadman's Leichenwagen, dessen Heckklappe immer noch sperrangelweit offenstand. Ich schmiss meinen Schlafsack, der auf der Innenseite nur ein bisschen feucht geworden war, auf eine freie Stelle der Ladefläche und schob mit einer weit ausholenden Schaufelbewegung den ganzen Ramsch und Müll, den der Deadman im Laufe der Zeit hinten im Auto angesammelt hatte, eilig beiseite. Dann krabbelten wir in den schwarzen Taunus und ich zog von innen die Heckklappe zu. Im beengten Kofferraum des Leichenwagens schlüpften wir schnell und unter allerlei Verrenkungen bis auf die Unterhosen aus unseren nassen Klamotten und rubbelten uns nacheinander mit meinem Handtuch die feuchten Haare und die Gesichter trocken. Dann quetschten und falteten wir uns kichernd mit jeder Menge „Auas" und „Sorrys" in meinem

Schlafsack aneinander, zogen, soweit es eben ging, den Reißverschluss hoch und sahen zu, wie die Scheiben des Autos auf der Stelle von innen beschlugen.

Wir verbrachten schon ein paar Minuten plaudernd und bibbernd eng nebeneinanderliegend und versuchten, uns irgendwie aneinander aufzuwärmen, als Claudia plötzlich schnuppernd fragte:

„Sag mal, ich will ja nichts sagen, aber was riecht hier drin eigentlich so komisch?"

Ich antwortete mit geheimnisvoll gesenkter Stimme:

„Wir sind hier nicht allein."

Dabei fädelte ich einen Arm aus dem Schlafsack und klopfte mit der flachen Hand gegen eine der vier weißen Plastikboxen, die sich an unserem Kopfende, zwei nebeneinander und zwei übereinander, auf der umgeklappten Rücksitzbank aufreihten.

„Willst du mich jetzt verarschen, oder was?"

„Nein, ganz bestimmt nicht."

„Also, was ist jetzt in den Kisten?", wollte Claudia wissen.

„Naja. Vier Kisten. Macht so, über den Daumen gepeilt, circa 200 fertig gewürzte, rohe und ungekühlte Brathähnchen."

„Ach, du Scheiße", sagte Claudia, zog sich den Schlafsack über den Kopf und wir begannen zu lachen.

Die Austern der Madame Fleury

Wir saßen im Garten und tranken Crémant. Ich war zwei Stunden zuvor eingetroffen und nachdem ich mich kurz frisch gemacht hatte, gesellte ich mich zu meinem alten Bekannten Gaspard und dessen Freund Nicholas. Am Morgen des Vortages hatte ich, kurz nachdem mein Zug im Bahnhof Gare de l'Est in Paris eingelaufen war, Gaspard angerufen, um zu sehen, ob man sich für den Abend in einem Restaurant verabreden könnte. Er entschuldigte sich am Telefon hundertfach und erzählte mir, dass er mit einem Freund in seinem alljährlichen Herrenurlaub auf der Île de Ré sei. Ich wollte gerade sagen, dass dies für mich kein Problem wäre und man könne sich ja bei meinem nächsten Besuch in Paris treffen, als er mir vorschlug, ebenfalls auf die Insel zu kommen. Ohne groß zu überlegen, sagte ich ihm zu. Danach ging ich zum nächsten Bahnschalter, kaufte mir für den kommenden Tag eine Zugfahrkarte nach La Rochelle, gab Gaspard per SMS meine Ankunftszeit durch und bat ihn darum, mich dort abzuholen.

Während Gaspard und Nicholas mit Bleistift und Radiergummi über einem Block brüteten und die Aktivitäten der folgenden Tage planten, sah ich mich von meinem Platz am Tisch aus im Garten um. Das Grundstück war auf drei Seiten von hohen Mauern umgeben, an denen gelegentlich Sträucher und Blumenstöcke wuchsen. Ein gepflasterter Weg führte über den Rasen zu einem hölzernen Pavillon am hinteren Ende des Gartens und dort gab es auch einen ausreichend großen Swimmingpool, der mit Natursteinplatten eingefasst war. In meinem Rücken, auf der vierten Seite, war das Hinterhaus, das an Gäste vermietet wurde. An dieses schloss sich, zur Straße gewandt, das Haupthaus an. Durch einen Torbogen, der mit zwei hölzernen Flügeltüren verschlossen war, konnte man das Anwesen betreten oder verlassen. Als ich gerade darüber nachdachte, einmal durch den Garten zum Pool zu schlendern, sprangen Gaspard und Nicholas plötzlich auf. Ich blickte mich um und entdeckte, dass Madame Fleury, unsere Gastgeberin, eine große, gläserne Platte mit frischen Austern balancierend, den Garten betrat. Sie war eine hochgewachsene, elegante Frau in den Fünfzigern. Die Patronin trug ein weißes, vorne geknöpftes, Sommerkleid, Sandalen an den Füßen und einen Strohhut. Gaspard ging ihr sogleich entgegen, um die schwere Platte abzunehmen und einen Platz am Tisch anzubieten. Madame

Fleury musterte zuerst einen nach dem anderen mit unergründlichem Blick und umarmte danach jeden von uns mit den obligatorischen Luftküsschen links und rechts. Nicholas eilte nach der Begrüßung ins Hinterhaus, um ein viertes Glas und eine weitere Flasche Cremánt zu besorgen. Bald saßen wir alle am Tisch und stießen auf das Wohl der Gastgeberin und einen gelungenen Urlaub an. Als wir getrunken hatten, wies Madame Fleury auf die Austern, die, umgeben von Zitronenschnitzen, geöffnet in einem Bett aus gehacktem Eis ruhten.

„Austern von unserer schönen Insel für meine liebsten Gäste", sagte die Madame in freundlichem Ton und nahm eine der Muscheln von der Platte.

„Doch wem gebührt die erste Auster? Ist sie für meinen alten Freund Gaspard?"

Gaspard und Nicholas starrten wie hypnotisiert auf die Auster, als Madame Fleury sie herumzeigte.

„Oder gebe ich sie vielleicht Nicholas? Auch dafür gäbe es gute Gründe", fuhr sie fort, doch dann wies sie, mit einem Aufblitzen in ihren strahlenden Augen und rätselhaftem Lächeln in meine Richtung.

„Ich glaube, meine Herren, unser neuer Gast sollte die Auster bekommen, denn das Neue ist auch immer etwas Gutes. Da stimmen sie mir doch zu?"

Ich entdeckte, dass Nicolas und Gaspard breit grinsten und sich gegenseitig augenzwinkernd mit den Ellbogen unter dem Tisch anstießen, als mir Madame Fleury die Auster reichte. Ich nahm sie dankend an und schlürfte sie aus ihrer Schale. Dann sagte unsere Gastgeberin:

„Die Herren mögen mich nun bitte entschuldigen, ich habe noch zu tun. Und essen Sie doch die Austern, ehe sie in der Sonne verderben."

„WAS???", fragte ich meine beiden Tischgenossen mit gespielt strengem Blick, als die Madame gegangen war?

„Nichts, nichts…", antwortete Gaspard für beide und setzte, während er sich eine Auster nahm, lachend fort: „Das macht sie immer. Alles in Ordnung. Nicht wahr, Nicholas?"

„Jaja, alles ok. Denk dir nichts dabei. Vielleicht ist die Madame ein bisschen seltsam. Wohin gehen wir zum Abendessen?", beendete Nicholas das Thema.

Am nächsten Vormittag stand ich spät auf. Als ich in den Garten kam, fand ich dort meine beiden Freunde beim Frühstück vor. Sie hatten morgens schon Croissants besorgt und auf dem Tisch standen eine Espressokanne, eine Flasche Milch und mehrere, blau und weiß glasierte Bols. Als ich mir einschenkte, meinte Gaspard zu Nicholas:

„Vielleicht sollten wir nachher doch erst einkaufen gehen. Was meinst du?"

„Auf jeden Fall. Danach können wir ja sehen."

„Prima", mischte ich mich ein: „Wann sollen wir los?"

„Mach dir keinen Stress. Wir erledigen das schon. Du bist unser Gast und bestimmt hast du dir Arbeit mitgebracht. Ich kenne dich doch."

„Das kann aber warten und außerdem…", warf ich ein, doch Gaspard unterbrach mich mit strengem Blick: „Nichts da. So wird es gemacht. Wir werden einkaufen gehen und du wirst arbeiten. Punkt! Nicholas ist übrigens Koch und er wird uns heute Abend etwas Besonderes zaubern."

Dem hatte ich nichts hinzuzufügen, also erklärte ich mich mit dem Plan einverstanden. Als meine Freunde gegangen waren, holte ich den Rucksack aus meinem Schlafzimmer, setzte mich an den Tisch im Pavillon und klappte mein Notebook auf. Obwohl ich mir alle Mühe gab, wollte mir nichts richtig gelingen – zu einladend wirkte der Swimmingpool. Nachdem ich eine Weile mit mir gekämpft hatte, gab ich schließlich auf, entkleidete mich bis auf die Badehose und sprang in das Becken. Das Wasser war erfrischend kühl und ich zog gemächlich einige Bahnen. Dann stemmte ich mich wieder aus dem Wasser und legte mich mit geschlossenen Augen auf die warmen Steinplatten, um mich von der Mittagssonne trocknen zu lassen. Plötzlich bemerkte ich einen Schatten. Ich öffnete die Augen und erblickte Madame Fleury, die in einem weißen Badeanzug und einem, ebenfalls weißen Badetuch über dem Arm vor mir stand und auf mich heruntersah. Ich richtete mich auf die Ellbogen auf, um sie zu begrüßen. Unsere Patronin wünschte mir ebenfalls einen schönen Tag und sagte:

„Heute ist es aber ganz besonders warm, Monsieur. Stört es Sie, wenn ich mich ein wenig im Wasser erfrische?"

„Ganz und gar nicht, Madame. Schließlich ist es doch Ihr Pool", erwiderte ich.

Sie nickte mir zu und kletterte über die Leiter ins Schwimmbecken. Dann ließ sie sich auf den Grund sinken, stieß sich ab und schwamm ans andere Ende des Pools. Dort wendete sie und tauchte zurück. Mit ihrem schlanken, sonnengebräunten Körper und dem weißen Badeanzug gab Madame Fleury einen sagenhaften Kontrast zu den, im kräuselnden Wellengang blau wabernden Kacheln des Schwimmbeckens, der mich unwillkürlich an ein Gemälde von David Hockney denken ließ. Als sie den Rand des Schwimmbeckens erreicht hatte, kam unsere Gastgeberin wieder an die Wasseroberfläche und stieß sich, nun flach auf dem Rücken schwimmend, wieder ab. Während sie langsam durch den Pool glitt, bildeten ihre halblangen, grau gefärbten Haare einen Strahlenkranz um ihren Kopf. Schließlich stieg Madame

Fleury wieder aus dem Becken, breitete ihr Badetuch mit einem eleganten Schwung neben mir aus und fragte:

„Wäre es in Ordnung, Monsieur, wenn ich Ihnen etwas Gesellschaft leiste? Man hat ja heutzutage so wenig Zeit. Nicht wahr?

Da ich gegen ihre Anwesenheit und etwas Unterhaltung nichts einzuwenden hatte, stimmte ich mit Freude zu und drehte mich auf den Bauch um. Die Madame ließ sich auf ihr Handtuch nieder, zog völlig ungeniert ihren Badeanzug bis zu den Hüften herunter und legte sich, ihren Kopf auf den Ellbogen aufgestützt, in meine Richtung.

„Gaspard hat mir erzählt, Sie seien Autor. Stimmt das? Schreiben Sie Bücher?"

Ich nickte und erzählte ihr, woran ich gerade arbeitete und was ich ansonsten veröffentlicht hatte. Plötzlich bemerkte ich, wie Madame Fleury ihren Arm zu mir herüberstreckte und sehr langsam mit dem Nagel ihres Zeigefingers, vom Nacken ausgehend, über meine Wirbelsäule abwärts strich. Obwohl ich eine Gänsehaut bekam, tat ich zuerst so, als merkte ich nichts davon und plauderte unbekümmert weiter, während ich mit halb geschlossenen Augen interessiert ihren kleinen, fest wirkenden Busen mit den dunklen Brustwarzen taxierte. Als Madame Fleurys Fingernagel am Saum meiner Badehose angekommen war und nun an diesem entlang zu wandern begann, drehte ich mich ebenfalls zur Seite und strich ihr sanft durch die nassen Haare, bis ich ihren Hals erreichte. Unsere Unterhaltung erlahmte, ich neigte mich der Patronin zu und wir küssten uns tief und lange. Während ich mich mit dem Handrücken über ihre steil aufgerichteten Brustwarzen in Richtung ihres Bauchnabels und noch tiefer bewegte, hatte ihr Fingernagel unterdessen die Vorderseite meiner Badehose erreicht und ihre Hand krabbelte kundschaftend, erst ein Finger und danach alle anderen, in sie hinein. Erschauernd merkte ich, wie sich das Blut in meinen Lenden sammelte und noch ehe ich mich in die verführerischen Tiefen von Madame Fleurys Badeanzug graben konnte, zog sie ihre forschende Hand von der Ausbeulung in meiner Hose, drehte sich auf den Rücken und schlüpfte mit angezogenen Beinen aus ihrem Kleidungsstück. Anschließend wandte sie sich erneut mir zu und befreite mich endlich von meiner störenden Badehose. Erst zaghaft und vorsichtig, doch dann immer neugieriger und hemmungsloser werdend, ergründeten Madame Fleury und ich mit unseren Händen und Mündern und Zungen gegenseitig die Geheimnisse, welche wir zu bieten hatten, bis sie schließlich mit einem fordernden Schnurren auf ihren Rücken sank und mich mit Macht auf sich zog. Ich steuerte mein Becken zwischen ihre weit gespreizten Beine und sie führte mich mit der Rechten in sich hinein. Bald fanden wir, synchron atmend, einen gemeinsamen Rhythmus, der uns im Gleichklang mit den Geräuschen der Insekten und des nahe brandenden Meeres, dem Licht der Sonne und dem Duft der Insel dem unvermeidlichen Höhepunkt unseres süßen Tuns entgegenführte. Plötzlich kratzte Madame Fleury mit ihren Fingernägeln über meinen Rücken und riss anschließend die Arme hoch, um sich am Saum ihres Badetuchs festzukrallen. Dabei stieß sie unter Anspannung all ihrer Muskeln und immer schneller atmend, aus den Tiefen ihrer Brust ein nicht enden wollendes Stöhnen aus. Dann sank ihr Kopf zur Seite. Auch ich verpuffte in diesem herrlichen Augenblick in einer heftigen Explosion, die hinter meinen geschlossenen Augenlidern unter Blitzen und Funken alle Glieder unkontrolliert erzittern ließ und fröstelnd eine Gänsehaut, geschaffen aus schierer Lust über meine Haut verbreitete. Eng umschlungen kamen wir zur Ruhe. Eine lange Zeit, die wahrscheinlich in Wahrheit nur ein paar wenige Minuten andauerte, lagen wir bewegungslos und wieder zu Atem kommend am Rande des Swimmingpools. Dann ergriff

Madame Fleury meine linke Hand, blickte auf meine Armbanduhr und sagte, sich hastig aufrappelnd:

„O lala, wohin ist die Zeit geflohen? Mon Dieu, wie soll ich mit meiner Arbeit fertig werden? Und bald werden deine Freunde kommen. Was sollen die denken, wenn sie uns hier so finden?"

Mit diesen Worten stand sie endgültig auf, zog sich schnell den feuchten, zerknüllten Badeanzug über und nahm das Handtuch vom Boden auf. Ich hatte mich ebenfalls erhoben und war in meine Badehose geschlüpft. Die Patronin und ich umarmten und küssten uns ein weiteres Mal und sie flüsterte mir ins Ohr:

„Jetzt kennst auch du die Austern der Madame Fleury."

Ehe ich ihr eine Antwort geben konnte, wandte sie sich von mir ab und verschwand hastig und ohne sich noch einmal umzublicken durch den Garten in die schattige Kühle ihres Hauses.

Am selben Abend hantierten Gaspard, Nicolas und ich bei einem Glas Wein in unserer Küche und bereiteten das Abendessen vor. Nicholas stand an der Spüle und schuppte mit gekonnten Handgriffen frisch gefangene Doraden. Während ich Zwiebeln, Karotten und Fenchel für das Gemüsebett häckselte, nahm Gaspard das Austernmesser aus der Bestteckschublade und begann, einen wahren Mont Blanc der herrlichen Meeresfrüchte aufzubrechen. Er selbst kostete die erste geöffnete Auster, die zweite hielt er Nicolas unter den Mund, der sie gierig und mit wohligem Schmatzen aus der Schale saugte und die dritte Auster reichte er mir. Gaspard sah mir zu, wie ich die Auster schlürfte und sagte dann süffisant und mit schiefem Grinsen:

„Und? Schmeckt?"

„Absolut köstlich", antwortete ich.

„Hm, aber nicht so köstlich, wie die Austern der Madame, findet ihr nicht auch?

Nicholas nickte zustimmend, während ich den Unwissenden gab.

„Ähm, wie meinst du das?", wollte ich wissen und fühlte mich ertappt.

„He, erzähl mir nicht, dass du heute Nachmittag keinen Besuch von Madame Fleury hattest. Wer die erste Auster bekommt, ist ihr Auserwählter. Ich hatte das Vergnügen schon einige Male. Du doch auch, Nicolas?"

Nicolas nickte wieder, während er den nächsten Fisch schuppte.

„Und? Wie war es?"

Ich nahm einen Schluck Wein und erzählte meinen beiden Mitwissern von dem Abenteuer, dass ich am Nachmittag mit unserer Gastgeberin erlebt hatte. Beide nickten respektvoll. Dann sagte Nicholas augenzwinkernd zu mir:

„Meinen Glückwunsch. Allerdings weiß ich nicht, ob wir dich wieder einladen können, denn die Madame macht das nur einmal während der Woche. Da hatten Gaspard oder ich wohl dieses Mal Pech. Gaspard, erinnerst du dich an Julie?"

Dieser kicherte wissend, den Zeigefinger im Mund, denn er hatte sich an einer Muschelschale geschnitten.

„Ach ja, Julie. Meine Güte…"

Dann wandte er sich an mich und erzählte weiter:

„Einmal war Julie dabei, eine alte Schulkameradin von mir. Und ob du es glaubst oder nicht – Madame Fleury gab ihr die erste Auster. Natürlich ließen Nicholas und ich in der Ahnung, was geschehen würde, Julie am folgenden Tag allein unter einem Vorwand zurück, doch leider ging das Ganze ein kleines bisschen schief. Genau genommen ging es mächtig schief. Als wir wieder zurückkamen, saß Julie heulend und mit gepacktem Koffer auf ihrem Bett und wollte auf der Stelle zurück nach Paris. Ich musste sie noch am Abend nach La Rochelle zum Bahnhof fahren und zu allem Überfluss bekam ich von der Madame noch eine

Gardinenpredigt und die sehr strenge Ermahnung zu hören, keine Damen mehr mitzubringen, sofern sie den höheren Genüssen des Lebens nicht etwas aufgeschlossener als Julie seien. Naja Nicholas, du hattest Glück, denn du hast die zweite Auster ergattert Aber so ist das Leben. Manchmal verliert man und manchmal gewinnen die anderen."

Ich musste herzlich lachen, als Gaspard seine Geschichte beendet hatte und auch Nicholas fiel in unser Gelächter ein, bis er sich hustend an seinem Wein verschluckte. Dann hielt uns Gaspard den Teller hin:

„Noch jemand eine Auster?"

Ganz besonderer Dank gebührt meiner Kollegin und Freundin *L.H.*, die mich während der letzten zwei Jahre immer dann, wenn ich kurz davorstand, die Arbeit an diesem Buch aufzugeben, zum Weitermachen ermutigt hat.